राजा हरिश्चंद्र
की कथाएँ

राजा हरिश्चंद्र की कथाएँ

चंद्रशेखर सिंह

प्रभात प्रकाशन

प्रकाशक
प्रभात प्रकाशन प्रा. लि.
4/19 आसफ अली रोड, नई दिल्ली–110002
फोन : 23289777 • हेल्पलाइन नं. : 7827007777
इ–मेल : prabhatbooks@gmail.com ❖ वेब ठिकाना : www.prabhatbooks.com

संस्करण
2026

पेपरबैक मूल्य
तीन सौ रुपए

मुद्रक
नरुला प्रिंटर्स, दिल्ली

RAJA HARISHCHANDRA KI KATHAYEN
stories by Chandrashekhar Singh
Published by **PRABHAT PRAKASHAN PVT. LTD.**
4/19 Asaf Ali Road, New Delhi-110002
ISBN 978-93-5322-400-4
₹ 300.00 (PB)

अपनी बात

महान् परोपकारी, धर्मरक्षक, प्रजापालक, सत्यवादी राजा हरिश्चंद्र का नाम इतिहास में स्वर्ण अक्षरों में लिखा है। भारतवर्ष के इतिहास में आज भी उनकी सत्यावादिता की कथाएँ प्रचलित हैं। कहा जाता है कि राजा हरिश्चंद्र का जन्म इक्ष्वाकु वंश में हुआ था। उनकी पत्नी का नाम शैव्या (जिन्हें तारामती के नाम से भी जाना गया) तथा एक पुत्र, जिसका नाम रोहिताश्व था। ऋषि विश्वामित्र द्वारा ली गई सत्य की कठिन परीक्षा में राजा हरिश्चंद्र ने अपने राजपाट, यहाँ कि अपनी पत्नी शैव्या तथा प्रिय पुत्र रोहिताश्व को भी दाँव पर लगा दिया था। सत्य की परीक्षा में सफल होने के पश्चात् आज उनका नाम 'सत्यवादी हरिश्चंद्र' के रूप में भी लिया जाता है। भारतवर्ष के इतिहास में उनके जीवन पर आधारित अनेक कथाएँ प्रचलित हैं, जो ज्ञान, नीति, सत्यता, प्रेम तथा बंधुत्व का बोध कराती हैं।

प्रस्तुत पुस्तक में सत्यवादी राजा हरिश्चंद्र की कुछ ऐसी ही कहानियों को संगृहीत किया गया है, जिनके द्वारा धर्म, सत्यता, संस्कार और प्रेम का ज्ञान प्रकट होता है। सरल भाषा एवं सुंदर चित्रों के साथ पुस्तक को आकर्षक एवं उपयोगी बनाने का प्रयास किया गया है। हमें आशा ही नहीं, पूर्ण विश्वास है कि राजा हरिश्चंद्र के जीवन की प्रेरित ये कहानियाँ बाल पाठकों में अवश्य ही धर्म, संस्कृति एवं सत्यता का संचार करने में सहायक होंगी।

—चंद्रशेखर सिंह

विषय सूची

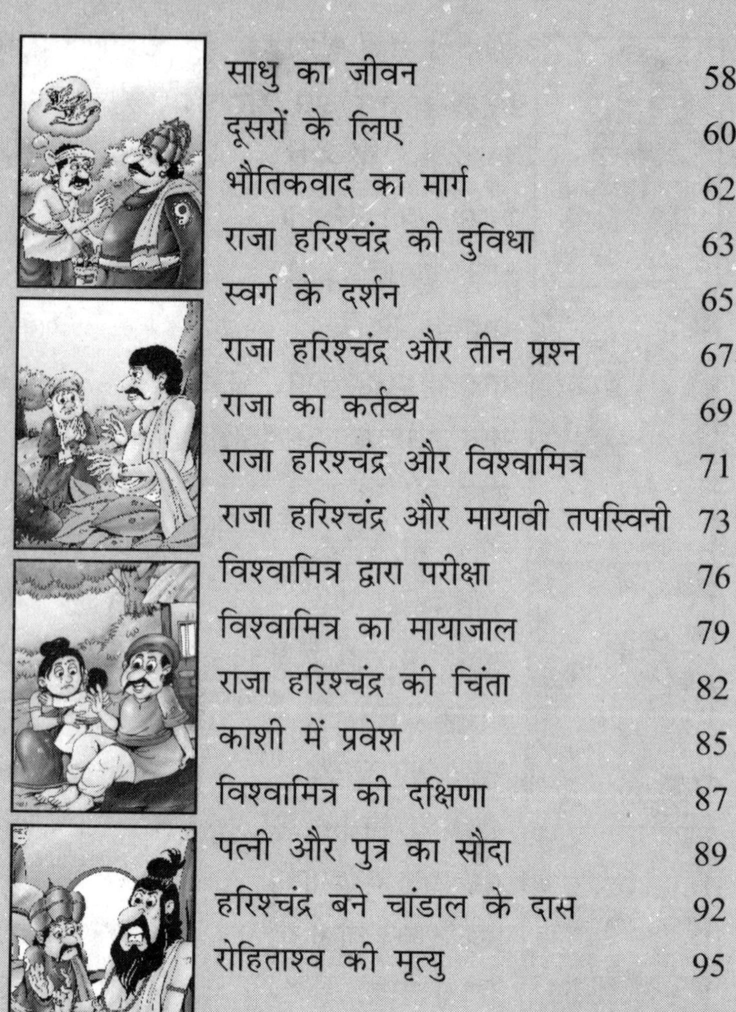

कौन थे राजा हरिश्चंद्र

राजा हरिश्चंद्र की गौरव गाथा भारतीय इतिहास में स्वर्णिम अक्षरों में अंकित है। उन्होंने सत्यनिष्ठा और कर्तव्य-परायणता का जैसा आदर्श प्रस्तुत किया है, वह विश्व-इतिहास में अत्यंत दुर्लभ है। विष्णुपुराण के अनुसार राजा हरिश्चंद्र का जन्म अयोध्या के इक्ष्वाकु वंश की अट्ठाईसवीं पीढ़ी में हुआ था। जबकि स्कंदपुराण के 'सह्याद्रि खंड' के अनुसार वे अयोध्या के राजवंश के 24वें राजा थे। कर्नल जेम्स टॉड के अनुसार हरिश्चंद्र का जन्म मर्यादा पुरुषोत्तम भगवान श्रीराम से 35 पीढ़ी पूर्व हुआ था। उनके पिता का नाम सत्यव्रत था। उनके पिता से संबंधित एक कथा भी प्रचलित है–

हरिश्चंद्र के पिता सत्यव्रत अत्यंत धर्मात्मा तथा पराक्रमी थे। उन्होंने अनेक यज्ञ किए थे। अश्वमेध यज्ञ से उसकी ख्याति दूर-दूर तक फैल चुकी थी। ख्याति और पराक्रम ने उन्हें दंभी बना दिया। उन्हें यह विश्वास हो गया था कि अपने पराक्रम से मैं चाहे जिसे जीत सकता हूँ। इसी दंभ के कारण राजा ने देवलोक (वर्तमान तिब्बत) पर विजय प्राप्त करने की सोची। उस समय देवलोक को विशिष्ट स्थान प्राप्त था और अयोध्या से उसके बहुत मधुर संबंध थे। राजर्षि वसिष्ठ ने उनकी इस योजना का विरोध किया। उनका साथ देने के लिए कोई भी तैयार नहीं हुआ, परंतु फिर भी राजा अपनी बात पर अड़ा रहा। क्षुब्ध होकर उनके पिता त्रय्यारूढ़ ने उन्हें अपने राज्य से निकाल दिया और चांडाल होने का श्राप दिया।

अब सत्यव्रत चांडालों की बस्ती में रहने लगा। वाल्मीकि रामायण के अनुसार त्रिशंकु (सत्यव्रत) को राज्य पद से ही पृथक् नहीं किया गया, वरन् उसे चारों वर्णों से भी बहिष्कृत कर दिया था। वाल्मीकि रामायण

'बालकांड' में लिखा है कि राजा के जितने मंत्री, सहायक आदि थे, वे सब राजा को छोड़ गए।

सूर्यवंशी राजा मांधाता उत्थ्य के साथ मनुष्य रूप में विष्णु के अवतार माने गए हैं। इनके राज्य में कभी सूरज नहीं छिपता था। सूर्यवंश में इनको उस समय तक का सबसे महान् राजा और भारतीय संस्कृति का ध्वजवाहक माना गया है। उनको चक्रवर्ती सम्राट् कहा गया है। मांधाता की 11वीं पीढ़ी में अयोध्या सम्राट् सत्यव्रत के पुत्र रूप में हरिश्चंद्र का जन्म हुआ।

राजा हरिश्चंद्र के राज्य में सर्वत्र सुख, शांति और वैभव का साम्राज्य था। उनकी धर्मप्रियता, न्यायप्रियता और सत्यप्रियता दूर-दूर तक प्रसिद्ध थी। वे प्रजा का पुत्रवत् पालन करते थे तथा प्रजा भी उन्हें पिता के समान मानती थी।

ऐतरेय ब्राह्मण और शांखायन श्रौत के अनुसार राजा हरिश्चंद्र के सौ रानियाँ थीं। उस समय राजा का अधिक विवाह करना प्रतिष्ठा की निशानी माना जाता था। शैव्या उनकी पटरानी थी। वह शिवि देश के राजा शिवि नरेश की पुत्री थी, जिन्होंने शरणागत कपोत की बाज से रक्षा करने के लिए अपना शरीर अर्पित कर दिया था। काशी के बाजार में हरिश्चंद्र की पत्नी 'शैव्या' को एक ब्राह्मण द्वारा खरीदे जाने पर उसने उनका नाम 'तारामती' रखा था। ❑

ऐतरेय ब्राह्मण और हरिश्चंद्र

राजा हरिश्चंद्र के सौ रानियाँ थीं, किंतु उनके कोई संतान नहीं थी, जिसके कारण वे मन-ही-मन अत्यंत दुखी रहते थे। एक दिन नारद और पर्वत ऋषि उनके पास आए। उन्होंने राजा से उनके दुख का कारण पूछा।

नारदजी के कहने पर वे वरुण देवता की शरण में गए और उनसे पुत्र-प्राप्ति के लिए प्रार्थना करते हुए कहा, "महाराज! यदि मेरे वीर पुत्र उत्पन्न हुआ तो मैं उसी से आपका यजन करूँगा।"

वरुण ने कहा, "ठीक है।" तब वरुण की कृपा से राजा हरिश्चंद्र के रोहिताश्व नाम का पुत्र हुआ।

पुत्र होते ही वरुण ने आकर कहा, "हरिश्चंद्र! तुम्हें पुत्र प्राप्त हो गया। अब इसके द्वारा मेरा यज्ञ करो।"

हरिश्चंद्र ने कहा, "जब आपका यह यज्ञ-पशु (रोहित) दस दिन से अधिक का हो जाएगा, तब यज्ञ के योग्य होगा।"

दस दिन बीतने के बाद वरुण ने आकर फिर कहा, "अब मेरा यज्ञ करो।"

हरिश्चंद्र ने कहा, "जब आपके यज्ञ-पशु के मुँह में दाँत निकल आएँगे, तब वह यज्ञ के योग्य होगा।"

दाँत निकल आने पर वरुण ने कहा, "अब इसके दाँत निकल आए, मेरा यज्ञ करो।"

हरिश्चंद्र ने कहा, "जब इसके दूध के दाँत गिर जाएँगे, तब यह यज्ञ के योग्य होगा।"

दूध के दाँत गिर जाने पर वरुण ने फिर कहा, "अब इसके दूध के दाँत गिर गए, मेरा यज्ञ करो।"

हरिश्चंद्र ने कहा, "जब इसके दोबारा दाँत आएँगे, तब यह यज्ञ-पशु के योग्य हो जाएगा।"

दाँतों के फिर उग आने पर वरुण ने कहा, "अब मेरा यज्ञ करो।"

हरिश्चंद्र ने कहा, "वरुण महाराज! क्षत्रिय तब यज्ञ के योग्य होता है, जब वह कवच धारण करने लगे।"

इस प्रकार राजा हरिश्चंद्र पुत्र प्रेम के कारण समय टालते रहे। कुछ समय पश्चात् रोहित कवच भी धारण करने लगा। तब वरुण ने फिर कहा।

हरिश्चंद्र ने कहा, "अच्छी बात है, आप कल पधारें, सब यज्ञीय व्यवस्था हो जाएगी।"

हरिश्चंद्र ने रोहित को बुलाकर कहा, "तुम वरुण देव की कृपा से मुझे प्राप्त हुए हो, इसलिए मैं तुम्हारे द्वारा उनका यजन करूँगा।"

जब रोहित को इस बात का पता चला कि पिता उसका बलिदान करना चाहते हैं, तब वह अपने प्राणों की रक्षा के लिए हाथ में धनुष लेकर वन चला गया।

कुछ दिन पश्चात् उसे मालूम हुआ कि वरुण देवता के प्रकोप से उसके पिता महोदर (जलोधर) रोग से पीड़ित हो गए हैं, तब रोहित अपने नगर की ओर चल पड़ा। एक बूढ़े ब्राह्मण का वेश धरकर इंद्र ने उसे रास्ते में ही रोक दिया। उसने कहा, "बेटा रोहित! यज्ञ-पशु बनकर मरने की अपेक्षा तो पवित्र तीर्थों का भ्रमण करते हुए पृथ्वी में विचरना ही अच्छा है।"

इंद्र की बात मानकर वह एक वर्ष तक और वन में रहा। इसी प्रकार दूसरे, तीसरे, चौथे और पाँचवें वर्ष भी रोहित ने अपने पिता के पास जाने का विचार किया, परंतु बूढ़े ब्राह्मण का वेश धारण कर हर बार इंद्रदेव आते और उसे रोक देते। इस प्रकार रोहित छह वर्षों तक वन में रहा। अंतः रोहित अपने पिता के पास चला गया।

कई श्लोकों के माध्यम से इंद्र ने रोहित को उपदेश दिया कि जीवन के किसी भी क्षेत्र में उन्नति चाहने वाले को निरंतर गतिशील रहना चाहिए। बिना प्रयास किए सफलता नहीं मिलती। अतः व्यक्ति को सदैव प्रयत्नशील

रहना चाहिए। जो व्यक्ति आलसी बन प्रयास नहीं करते, उनकी गति कलियुग के समान अर्थात् निकृष्टतम हो जाती है और जो पूर्ण उत्साह से कर्म करते हैं, उन्हें इच्छा फल की प्राप्ति होती है। मनुष्य को सूर्यदेव का अनुसरण करना चाहिए, जो बिना रुके सदैव अपने कार्य में लगे रहते हैं। इसलिए रोहित तुम निर्भय होकर अपने पिता के पास जाओ और धर्म का अनुसरण करते हुए अपने कर्तव्य का पालन करो।

इंद्रदेव से उपदेश ग्रहण कर रोहित अपने पिता हरिश्चंद्र से मिलने चल दिया। रास्ते में उसकी भेंट अजीगर्त मुनि से हुई। वे उस समय बहुत ही विपन्न स्थिति में थे। रोहित ने अजीगर्त के मझले पुत्र शुनःशेप को सौ गायों के बदले यज्ञ-पशु हेतु खरीद लिया। उसे अपने पिता को सौंपकर रोहित ने उनके चरणों में नमस्कार किया। वरुण ने रोहित के बदले शुनःशेप की बलि लेना स्वीकार किया।

ऐतरेय ब्राह्मण के अनुसार जब वरुण से कहा गया कि राजा हरिश्चंद्र अपने पुत्र के स्थान पर ब्राह्मण पुत्र शुनःशेप की बलि देना चाहते हैं तो वरुण ने कहा कि ब्राह्मण तो क्षत्रिय से उत्तम ही समझा जाता है, अतः बलि दी जा सकती है।

भयभीत एवं कातर शुनःशेप को यूप (स्तंभ) में बाँधने के लिए जब कोई तैयार नहीं हुआ तो अजीगर्त ने पुनः सौ गौएँ लेकर अपने पुत्र को स्वयं यूप में बाँध दिया। यह देखकर शुनःशेप दुःखी तो हुआ, किंतु उसे मृत्यु का उतना दुख नहीं हुआ, जितना दुख माता-पिता के विमुख हो जाने से हुआ। शुनःशेप ने बंधन मुक्त होने के लिए ऋषि विश्वामित्र के निर्देश से प्रजापति की स्तुति की।

प्रार्थना तथा उसके उदात्त भाव से प्रसन्न हो प्रजापति देव प्रकट हुए और बोले, "तुम अग्नि की उपासना करो।"

शुनःशेप ने अग्नि की स्तुति की। अग्निदेव ने प्रसन्न होकर कहा, "तुम सविता देव की उपासना करो।" सविता देव की उपासना करने पर उन्होंने कहा, "हे शुनःशेप! तुम वरुण देवता के निमित्त बंधन में बाँधे गए हो, अतः

उन्हीं की स्तुति करो।" तब शुनःशेप ने वरुण देव, विश्वेदेव, अश्विनी कुमार तथा इंद्र की स्तुति की। शुनःशेप ने इसी क्रम में हरिश्चंद्र को प्रजापति संबोधित कर देवता के रूप में एक मंत्र अर्पित किया।

शुनःशेप की स्तुति से सभी देवता प्रसन्न हो प्रकट हो गए और वरुण ने उसे पाश से मुक्त कर दिया। देवराज इंद्र ने उसे एक स्वर्णमय रथ प्रदान किया। देवताओं के प्रसन्न हो जाने से राजा हरिश्चंद्र का जलोदर रोग भी दूर हो गया और देवताओं के आग्रह पर विश्वामित्र ने शुनःशेप से राजा हरिश्चंद्र के यज्ञ का अनुष्ठान पूर्ण कराया। इस यज्ञ में विश्वामित्र 'होता' बने। परम संयमी जमदग्नि ने 'अध्वर्यु' का कार्य किया। वसिष्ठजी 'ब्रह्म' बने और अयास्य मुनि सामगान करने वाले 'उद्‌गाता' बने।

स्कंदपुराण 'काशी खंड' में दिए गए विवरण के अनुसार कालसेन डोम के यहाँ श्मशान पर कार्य करते समय राजा हरिश्चंद्र ने श्मशान घाट पर भगवान् शिव के ज्योतिर्लिंग की स्थापना की थी। भगवान् शिव ने वहाँ प्रकट होकर कहा, "हरिश्चंद्र! तुम्हारे द्वारा स्थापित यह शिवलिंग तुम्हारे ही नाम से प्रसिद्ध होगा। यह शिवलिंग विश्व का ऐसा शिवलिंग होगा, जिसके एक भाग में मैं तथा दूसरे अर्ध भाग में तुम विराजमान होकर भक्तजनों द्वारा पूजित होंगे।"

यह शिवलिंग हरिचंद्रेश्वर महादेव के नाम से प्रसिद्ध हुआ। डोम का रूप धारण करने वाले धर्मराज ने भी श्मशान घाट पर एक शिवलिंग स्थापित किया था। विवरण के अनुसार, यह उसी स्थान पर था, जहाँ महारानी शैव्या अपने पुत्र रोहिताश्व का शव लेकर अंत्येष्टि के लिए आई थीं। यह शिवलिंग यम धर्मेश्वर के नाम से विख्यात हुआ। वाराणसी में संकटा घाट मंदिर से थोड़ी दूर चलने पर सीढ़ी घाट उतरते ही ठीक गंगा के तट पर बाएँ हाथ पर एक छोटा सा मंदिर है, जिसमें यम धर्मेश्वर महादेव स्थापित हैं। मंदिर की उपस्थिति से यह सिद्ध होता है कि राजा हरिश्चंद्र के समय इसी स्थान पर श्मशान घाट था, जहाँ हरिश्चंद्र ने शैव्या से रोहिताश्व की अंत्येष्टि के लिए 'कर' माँगा था, वाराणसी का यह घाट वर्तमान में राजा हरिश्चंद्र के नाम से जाना जाता है। ❑

ईश्वर का अस्तित्व

एक बार एक विद्वान् राजा हरिश्चंद्र के पास आया। राजा हरिश्चंद्र विद्वानों का बहुत सम्मान करते थे, क्योंकि विद्वानों को ज्ञान और धर्म की बातों का जानकार माना जाता है। स्वयं राजा हरिश्चंद्र बहुत ही विद्वान् थे, किंतु वे विद्वान् की बुद्धिमानी की परीक्षा लेना चाहते थे।

जब विद्वान् राजा हरिश्चंद्र के सामने उपस्थित हुआ तो राजा हरिश्चंद्र ने उससे तीन प्रश्न पूछे। पहला प्रश्न था, "ईश्वर कहाँ बैठता है?" दूसरा प्रश्न, "ईश्वर अपना मुँह किस दिशा में रखता है?" और तीसरा प्रश्न था, "वह करता क्या है?"

राजा हरिश्चंद्र ने उस विद्वान् से कहा कि यदि आप मेरे प्रश्नों का उत्तर ठीक-ठीक दे सकें तो आपको दरबार में उच्च स्थान दिया जाएगा। विद्वान् ने सोचा कि राजा द्वारा पूछे गए प्रश्न अवश्य ही बहुत कठिन हैं। उसने राजा हरिश्चंद्र की खूब प्रशंसा की और आठ दिन का समय माँगा। विद्वान् आठ दिनों तक उन प्रश्नों के उत्तर सोचता रहा, किंतु उसकी समझ में कुछ न आया। तब समय बढ़वाने के लिए उसने बीमारी का बहाना किया और राजा हरिश्चंद्र के पास संदेश भिजवा दिया कि जैसे ही तबीयत सुधर जाएगी, वह उनके प्रश्नों के उत्तर दे देगा।

विद्वान् परेशान रहने लगा। उसके यहाँ एक नौकर था, उससे अपने मालिक की परेशानी देखी न गई। आखिर एक दिन उसने पूछ ही लिया कि हे ब्रह्मदेव! आपकी परेशानी का कारण क्या है? विद्वान् ने पहले तो उसे टालना चाहा, किंतु नौकर जब उसकी परेशानी का कारण जानने का हठ करने लगा तो विद्वान् ने अपनी परेशानी उसे बता दी।

उसकी बात जानकर नौकर ने कहा, "मालिक! आप बिल्कुल भी परेशान न हों। आपकी जगह मैं राजा हरिश्चंद्र के पास जाऊँगा और उनके प्रश्नों के उत्तर दूँगा।"

"लेकिन तुम तो ईश्वर के बारे में कुछ जानते ही नहीं हो।" विद्वान् ने आशंका जताई।

"मैंने कहा न, आप चिंता न करें।" नौकर ने कहा, "मैं विद्वानों और संतों के पास बैठता रहता हूँ और उनके उपदेशों को बहुत ध्यान से सुनता रहता हूँ। मैं राजा हरिश्चंद्र को अवश्य ही संतुष्ट कर दूँगा।"

बड़ी हिचकिचाहट के बाद आखिर विद्वान् ने उसे इजाजत दे दी। नौकर निर्भीक भाव से राजा हरिश्चंद्र के दरबार में जा पहुँचा। उसने पहले अपना परिचय दिया, फिर विद्वान् के वहाँ न आ पाने का कारण बताया। उसके बाद उसने राजा हरिश्चंद्र से कहा, "महाराज! आप अपने प्रश्न पूछिए। मैं उनके उत्तर दूँगा। लेकिन वार्त्तालाप शुरू करने से पहले मैं आपसे एक विनती करना चाहता हूँ।"

"कहो, क्या चाहते हो?"

"महाराज! आपके प्रश्नों के उत्तर तो मैं दे दूँगा, किंतु आपको मालूम ही है कि प्रश्न पूछने वाला शिष्य होता है और उत्तर देने वाला गुरु! मैं आशा करता हूँ कि आप धार्मिक नियमों का पालन करेंगे, उन नियमों के अनुसार गुरु को ऊँचा आसन दिया जाता है और शिष्य को उससे नीचे बैठना पड़ता है।"

राजा हरिशंचद्र बहुत प्रसन्न हुए। उन्होंने नौकर को सुंदर वस्त्र पहनाकर अपने सिंहासन पर बैठाया और स्वयं उसके पैरों के पास बैठे। इसके बाद राजा हरिश्चंद्र ने कहा, "देखो, मेरी एक बात ध्यान से सुन लो। यदि तुम्हारे

उत्तर संतोषजनक न हुए तो मैं तुम्हें मृत्युदंड दे दूँगा।"

"मुझे स्वीकार है, महाराज!" नौकर ने नि:शंक स्वर में उत्तर दिया।

राज हरिश्चंद्र ने पहला प्रश्न पूछा, "ईश्वर कहाँ बैठता है?" नौकर ने सोचा कि राजा को सीधे उत्तर से तो संतोष होगा नहीं, इसलिए उसने कहा, "राजन्! एक गाय मँगवाने की व्यवस्था करें।"

गाय मँगवाई गई। नौकर ने पूछा, "महाराज! क्या इस गाय में दूध है?"

राजा हरिश्चंद्र ने कहा, "अवश्य है।"

नौकर ने पूछा, "कहाँ पर है?"

राजा ने कहा, "थनों में है।"

नौकर ने कहा, "यह उत्तर गलत है। दूध गाय के सारे शरीर में व्याप्त है।"

इसके बाद नौकर ने थोड़ा-सा दूध मँगवाया और पूछा, "महाराज! सोचकर बताइए कि क्या इस दूध में मक्खन है?"

"हाँ है।" राजा हरिश्चंद्र ने कहा।

"कहाँ है?"

राजा हरिश्चंद्र ने जानबूझकर नौकर के इस प्रश्न का कोई उत्तर न दिया।

तब नौकर ने कहा, "महाराज! जिस प्रकार आपको इतना भी ज्ञान नहीं कि दूध में मक्खन कहाँ पर है, और आप यह भी मानते हैं कि दूध में मक्खन है अवश्य। उसी प्रकार ईश्वर सारे विश्व में, सब जगह पर व्याप्त है। वैसे ही जैसे दूध में मक्खन व्याप्त है और दूध गाय के शरीर में सब जगह व्याप्त है। जिस प्रकार दूध पाने के लिए गाय को दुहना पड़ता है, उसी प्रकार ईश्वर को जानने के लिए हमको अपने हृदय को दुहना पड़ता है। अब बताइए महाराज! आपको अपने प्रश्न का संतोषजनक उत्तर मिला या नहीं?"

"हाँ, मिल गया!"

राजा हरिश्चंद्र ने दूसरा प्रश्न पूछा, "ईश्वर अपना मुँह किस दिशा में रखता है–पूरब में या पश्चिम में, उत्तर में या दक्षिण में?"

यह प्रश्न भी बहुत अजीब था, क्योंकि लोग ईश्वर को एक व्यक्ति मानते थे। तब नौकर ने एक मोमबत्ती मँगवाई और उसे जलाया। नौकर ने राजा हरिश्चंद्र से पूछा, "महाराज! जरा बताइए कि मोमबत्ती का मुँह किस ओर है–पूरब में या पश्चिम में या दक्षिण में?"

"मोमबत्ती का मुँह तो ऊपर की ओर है।" राजा हरिश्चंद्र ने उत्तर दिया।

"नहीं।" नौकर बोला, "किंतु इसका प्रकाश प्रत्येक दिशा में समान है। इसी प्रकार ईश्वर भी सभी दिशाओं में समान रूप से देखता है।"

अब राजा हरिश्चंद्र ने तीसरा प्रश्न पूछा, "ईश्वर करता क्या है?"

इस प्रश्न का उत्तर देने से पहले नौकर ने राजा हरिश्चंद्र से कहकर विद्वान् को बुलवा लिया। विद्वान् ने जब नौकर को राजा हरिश्चंद्र के सिंहासन पर बैठे देखा तो उसे बड़ा आश्चर्य हुआ। तब नौकर ने विद्वान् को उस स्थान पर बैठने को कहा, जहाँ स्वयं बैठा था, यानी सिंहासन पर और राजा हरिश्चंद्र को उस स्थान पर बैठाया, जो विद्वान् के लिए था।

इसके बाद वह बोला, "महाराज! ईश्वर यही करता है। वह निरंतर परिवर्तन करता रहता है। वह राजा को रंक बना देता है और रंक (नौकर) को राजा। संसार में सदा यही होता रहता है। कभी किसी वंश का उत्थान होता है तो कभी उसका पतन। कभी किसी व्यक्ति को आदर और सम्मान मिलता है और कभी किसी को।"

इतनी बातें बताकर नौकर चुप हो गया। राजा हरिश्चंद्र को भी अपने प्रश्नों के ठीक-ठीक उत्तर मिल गए थे, अतः उन्होंने प्रसन्न होकर उस नौकर को ही अपने दरबार में महत्त्वपूर्ण पद दे दिया।

❑

किसान का खजाना 

राजा हरिश्चंद्र बड़े ही न्यायप्रिय एवं प्रजावत्सल शासक थे। एक बार वे वन में आखेट करने के लिए गए। हिरण का पीछा करते-करते वे घने जंगल में रास्ता भटक गए। उनके साथ गए अंगरक्षक भी पीछे रह गए। जंगल में भटकते-भटकते राजा हरिश्चंद्र एक किसान की झोंपड़ी पर जा पहुँचे। भीषण गरमी में किसान से पानी माँगकर राजा ने अपनी प्यास बुझाई तथा थकान के कारण वहीं बैठ गए।

किसान ने कभी राजा हरिश्चंद्र को नहीं देखा था। परंतु घर आए अतिथि को उसने प्रेमपूर्वक घर में रखी सूखी रोटियाँ तथा कंदमूल-फल खाने को दिए। उसने राजा से कहा, "सामने रखे जितने भी कंदमूल-फल हैं, उन्हें खा लीजिए, किंतु कोने में जो तरबूज रखा है, उसे स्पर्श मत करना, क्योंकि उसे मैंने अपने न्यायप्रिय राजा हरिश्चंद्र के लिए बड़े जतन से सुरक्षित रखा है।"

किसान के मुँह से अपने प्रति ऐसे उद्‌गार सुनकर राजा को बहुत खुशी हुई कि उनकी प्रजा में एक गरीब और तुच्छ किसान भी उनसे कितना प्यार करता है।

राजा हरिश्चंद्र ने उस किसान से कहा, "तुम मुझे वह तरबूज खा लेने दो। बदले में तुम जो भी माँगोगे, वह मैं तुम्हें दे दूँगा।"

किसान ने कहा, "नहीं, ऐसा नहीं हो सकता। उसे तो मैंने अपने खेत में बड़े जतन से उगाया है। मेरी यह हार्दिक इच्छा है कि मैं तरबूज अपने प्रजावत्सल राजा को भेंट करूँ।"

यह सुन राजा हरिश्चंद्र ने कहा, "यदि तुम मुझे वह तरबूज नहीं दोगे

तो मैं सामने रखे कंदमूल को हाथ भी नहीं लगाऊँगा।"

किसान ने कहा, "हे अतिथि ! भले ही सामने रखे कंदमूल मत खाइए, परंतु उस तरबूज को तो मैं तुम्हें स्पर्श भी नहीं करने दूँगा। वह सिर्फ मेरे राजा के लिए है।"

राजा हरिश्चंद्र ने वे कंदमूल खाए और किसान से रास्ता पूछकर अपने महल के लिए चल पड़े।

लगभग एक पखवाड़े के बाद किसान वही तरबूज लेकर राजा हरिश्चंद्र के दरबार में पहुँचा। दोनों ने एक-दूसरे को पहचान लिया। राजा ने हँसते हुए किसान से कहा, "अगर मैं तुम्हारी यह भेंट स्वीकार न करूँ तो?"

किसान ने कहा, "यदि आप मेरी यह भेंट स्वीकार नहीं करते हैं तो मेरा उत्तर यही है कि आप भाड़ में जाइए।"

इस पर राजा हरिश्चंद्र ने कहा, "यह तुम्हारी झोंपड़ी नहीं है, कृषक! यह दरबार है। यहाँ जिह्वा को काबू में रखकर ही उत्तर देना चाहिए।

किसान ने कहा, "यदि आप राजदरबार के राजा हैं तो मैं भी खेतों का राजा हूँ। मेरी हस्ती आपसे कुछ कम नहीं है।"

राजा हरिश्चंद्र ने कहा, "मेरे राजकोष में असंख्य हीरे-मोती, रत्न आदि हैं। तुम्हारे पास तो कुछ भी नहीं है।"

किसान ने उत्तर दिया, "महाराज! भले ही आपके राजकोष में असंख्य हीरे-मोती और जवाहरात हैं, पर वे सब प्रजा के दिए गए कर से इकट्ठे हुए हैं। वे प्रजा की अमानत हैं। जिनकी सुरक्षा के लिए आपको सुरक्षा प्रहरी भी रखने पड़ते हैं। कभी अवसर मिले तो मेरे खजाने को देखने के लिए आना। पता चल जाएगा कि असल खजाना किसके पास है?"

किसान की बात ने राजा हरिश्चंद्र की उत्सुकता जगा दी। वे उसी समय किसान के साथ उसके खजाने को देखने के लिए निकल पड़े।

किसान राजा हरिश्चंद्र को अपने खेतों पर ले गया और उनसे कहा,

"राजन्! सामने खेतों में जो लहलहाती फसलें देख रहे हो, उनसे उत्पन्न अनाज ही मेरा खजाना है। आप तो अपने खजाने को खाकर अपना पेट भी नहीं भर सकते, जबकि मैं अपने अन्न के खजाने से सैकड़ों लोगों का पेट भरता हूँ। अब बताइए, असली खजाना मेरा है या आपका?"

किसान का यह उत्तर सुनकर हरिश्चंद्र भोज बहुत खुश हुए। उन्होंने किसान को गले से लगा लिया और बोले, "जिस राज्य में तुम जैसे मेहनती और निडर किसान हों, उस राजा के सौभाग्य का क्या कहना! उसका राज्य तो स्वर्ग से भी अधिक सुंदर होगा ही।"

❑

सोने की खेती

राजा हरिश्चंद्र बहुत ही न्यायप्रिय थे। उनकी न्यायप्रियता की चर्चा दूर-दूर तक फैली हुई थी। एक बार किसी चोर ने रात के समय महल में चोरी की, लेकिन पहरेदारों की सतर्कता से वह चोर पकड़ा गया और सुबह होते ही उसे राजा के सम्मुख पेश किया गया।

राजा हरिश्चंद्र ने उससे पूछा, "तुमने महल में चोरी की?"

"हाँ महाराज!" चोर ने स्वीकार किया।

"इस अपराध के लिए तुम्हें क्या दंड दिया जाए?"

"जो भी आप चाहें, महाराज!"

राजा हरिश्चंद्र ने उसे मृत्युदंड देने का निश्चय किया। मृत्युदंड का नाम सुनते ही चोर काँप उठा। वह बचने का उपाय सोचने लगा। फिर जब सुरक्षा प्रहरी उसे लेकर चलने लगे तो उसने जोर से चिल्लाकर कहा, "ठहरिए महाराज! मुझे दंड देने से पहले आप मेरी एक बात सुन लीजिए।"

"कौन सी बात?" राजा ने पूछा।

चोर बोला, "महाराज! मरने से पहले मैं आपको एक अत्यंत गुप्त रहस्य बताना चाहता हूँ। वह यह कि मैं सोने की खेती करना जानता हूँ।"

"सोने की खेती!" सुनकर सभी दरबारियों के मुँह आश्चर्य से खुले रह गए। स्वयं राजा हरिश्चंद्र भी आश्चर्यचकित से चोर की ओर देखने लगे। फिर वे बोले, "तुम झूठ बोल रहे हो, मृत्युदंड से बचने के लिए हमें झाँसा दे रहे हो। भला दुनिया में कहीं सोने की खेती भी होती है?"

"महाराज! इस दुनिया में असंभव कुछ भी नहीं है।" चोर ने कहा, "और मैं अपनी बातों को साबित करके भी दिखा सकता हूँ, बशर्ते कि मेरी

एक शर्त मान ली जाए।"

"कैसी शर्त?"

"शर्त यही है कि बीज वही व्यक्ति बो सकता है, जिसने अपनी जिंदगी में कभी चोरी न की हो।" चोर ने कहा।

"यह कौन सी बड़ी बात है।" महाराज बोले, "हमारे दरबार में एक-से-एक सभासद बैठे हैं, जो इस काम को बखूबी अंजाम दे सकते हैं।" यह कहकर उन्होंने मुख्यमंत्री की ओर देखा, फिर बोले, "क्यों मुख्यमंत्री जी! आप तो इस कार्य के सर्वथा योग्य हैं, क्यों नहीं आप ही इस कार्य को कर डालते? इस चोर से बीज बोने की प्रक्रिया पूछिए और श्रीगणेश कर दीजिए।"

राजा हरिश्चंद्र की बात सुनकर मंत्री महोदय दाएँ-बाएँ देखने लगे। फिर हाथ जोड़कर बोले, "महाराज! मुझे क्षमा कीजिए। मैं इस कार्य के लिए योग्य व्यक्ति नहीं हूँ।"

"क्यों भला! तुम तो इस राज्य के सबसे सच्चे और अच्छे व्यक्ति हो।"

"महाराज! अपराध क्षमा हो। आरंभ में एक बार मैंने भी चोरी की थी। मैंने राजकोष से अपनी जरूरत के लिए कुछ धन चोरी-चोरी निकाल लिया था और बाद में उसकी भरपाई कर दी थी।"

मंत्री की बात सुनकर राजा हरिश्चंद्र को बहुत दुख हुआ। कुछ देर तक सोचने के बाद उन्होंने धर्माधिकारी से पूछा, "आप ही बीजों को बोने के लिए उपयुक्त रहेंगे। अब आप ही यह कार्य कीजिए।"

राजा हरिश्चंद्र की बात सुनकर धर्माधिकारी उठकर खड़े हो गए और हाथ जोड़कर बोले, "महाराज! मैं भी इस कार्य को करने में असमर्थ हूँ।"

"क्यों भला? आप क्यों असमर्थ हैं? आप तो धर्म के ज्ञाता हैं, आप क्यों इनकार करते हैं?"

धर्माधिकारी बोले, "महाराज! चोरी तो मैंने भी की है। बचपन में मैं

कभी-कभी भगवान को भोग लगाने वाले लड्डू चोरी करके खा लिया करता था।"

यह सुनकर राजा हरिश्चंद्र का मन वितृष्णा से भर उठा। वे बहुत देर तक सोचते रहे। उन्हें इस प्रकार खामोश देखकर चोर ने कहा, "क्षमा करें, महाराज! आप स्वयं ही चलकर अपने हाथों से सोने के बीज खेतों में डालें।"

राजा हरिश्चंद्र चोर की बात सुनकर चक्कर में पड़ गए, फिर बोले, "मैं भी इस योग्य नहीं हूँ कि सोने के बीज बो सकूँ। क्योंकि एक तरह से देखा जाए तो मैं भी चोर हूँ। मैं प्रजा से कर इकट्ठा करके उसे अपने ऐशो-आराम पर खर्च करता रहा हूँ। इस प्रकार तो यह भी एक प्रकार की चोरी ही हुई है।" इतना कह राजा सिंहासन पर बैठ गए।

अब तो चोर का साहस बढ़ गया। वह निर्भीकतापूर्वक बोला, "महाराज! जब आपके इतने बड़े राज्य में स्वयं आप भी इस योग्य नहीं हैं कि सोने की खेती के लिए बीज बो सकें तो चोरी के अपराध में मुझे ही मृत्युदंड क्यों दिया जा रहा है?" यह सुनकर राजा ने कहा, "ठीक कहते हो तुम। हम तुम्हें चोरी के अपराध से मुक्त करते हैं। क्योंकि न्याय सबके लिए बराबर है।"

इस प्रकार अपने बुद्धि-चातुर्य से वह चोर सजा पाने से बच गया। साथ ही राजा को भी सबक मिल गया कि जिन राज्याधिकारियों पर वह इतना विश्वास करता है, वे सभी दूध के धुले नहीं हैं। इसलिए उनसे भी सतर्क रहने की आवश्यकता है।

❑

धर्मात्मा कौन?

राजा हरिश्चंद्र को एक बार एक श्रेष्ठ तथा योग्य महामंत्री की तलाश थी। अत: उन्होंने तीन श्रेष्ठ विद्वानों की परीक्षा लेने का निर्णय लिया। इसलिए एक दिन राजा ने उन्हें बुलाकर कहा, "जाओ, किसी धर्मात्मा को खोज लाओ।"

तीनो विद्वान् किसी धर्मात्मा की खोज में निकले। कुछ समय बाद पहला विद्वान् एक थुलथुल आदमी को साथ लेकर लौटा। उसने राजा को बताया, "यह व्यक्ति बहुत दान-धर्म करता है। इन्होंने अपने धन से बड़े-बड़े मंदिर बनवाए हैं, तालाब खुदवाएँ हैं, प्याऊ लगवाईं हैं और नित्यप्रति साधु-संतों को नियमित रूप से भोजन करवाते हैं।"

राजा हरिश्चंद्र ने उस व्यक्ति का सत्कार किया, फिर पर्याप्त धन देकर उन्हें विदा कर दिया। व्यक्ति ने जाते समय वचन दिया कि वह सारा धन गरीबों के लिए धर्मशाला बनाने में खर्च कर देगा।

दूसरा विद्वान् अपने साथ एक निर्धन, दुबले-पतले ब्राह्मण को लेकर लौटा। उसने बताया, "इन ब्राह्मण देवता को चारों वेद, पुराण आदि का पूरा ज्ञान है। इन्होंने चार धामों की पैदल यात्रा की है। तप भी करते हैं और सात-सात दिनों तक निर्जल व्रत रखते हैं।"

राजा हरिश्चंद्र ने उस ब्राह्मण का भी सम्मान किया है और खूब सारी दक्षिणा देकर उसे भी विदा किया।

अंत में तीसरा विद्वान् भी एक व्यक्ति को लेकर आया। उसने बताया, "यह व्यक्ति सड़क पर पड़े एक जख्मी कुत्ते के जख्मों को धो रहा था। मैंने जब इनसे पूछा कि इससे आपको क्या मिलेगा तो इन्होंने कहा, "मुझे तो पता

नहीं क्या मिलेगा, परंतु इस कुत्ते को जरूर कुछ आराम मिल जाएगा।"

राजा ने उस व्यक्ति से पूछा, "क्या तुम धरम-करम करते हो?" तब उस व्यक्ति ने कहा, "मैं एक किसान हूँ, अनपढ़ हूँ। धरम-करम के बारे में तो मैं कुछ जानता नहीं। हाँ, कोई जरूरतमंत दिखाई पड़ जाए तो यथासंभव उसकी मदद अवश्य कर दिया करता हूँ। कोई माँगे तो अपने अनाज में से थोड़ा उसे भी दे देता हूँ। कोई बीमार हो तो उसकी सेवा कर देता हूँ।"

यह सुनकर राजा हरिश्चंद्र ने कहा, "कुछ पाने की आस रखे बिना दूसरों की सेवा करना ही तो धर्म है। तुमने बिल्कुल सही व्यक्ति की तलाश की है। अतः आज से तुम्हें महामंत्री पद पर नियुक्त किया जाता है।" और राजा हरिश्चंद्र ने तीसरे विद्वान् को अपना महामंत्री नियुक्त कर दिया।

❑

राजा हरिश्चंद्र और व्यापारी

एक दिन राजा हरिश्चंद्र के पास एक व्यक्ति आया, उन्हें आदरपूर्वक नमस्कार किया और बोला, "महाराज! मैं एक व्यापारी हूँ। अनेक राज्यों में व्यापार करने के लिए जाता हूँ। आपके यहाँ भी मैं इसी उद्देश्य से आया हूँ। कृपया क्या आप मुझे अपने राज्य में व्यापार करने की अनुमति देंगे?"

यह सुनकर राजा हरिश्चंद्र ने कहा, "व्यापारी! तुम्हारा इस राज्य में स्वागत है, लेकिन अनुमति देने से पूर्व हम यह अवश्य जानना चाहेंगे कि तुम किस प्रकार का व्यापार करते हो?"

इस पर व्यापारी ने कहा, "महाराज! अवसर मिलने पर मैं किसी भी चीज का व्यापार कर सकता हूँ।"

व्यापारी की बात सुनकर राजा हरिश्चंद्र को थोड़ा आश्चर्य हुआ, उन्होंने पूछा, "क्या तुम हर चीज का मोल आँक सकते हो?"
व्यापारी ने कहा, "हाँ, मैं ऐसा कर सकता हूँ।"

इस पर राजा हरिश्चंद्र ने उसकी परीक्षा लेने के लिए तुरंत अपने पुत्र रोहिताश्व को बुलवाया और उसे व्यापारी के सामने खड़ा करके उससे पूछा, "बताओ, इसका मोल क्या है?"

व्यापारी बड़ी मुश्किल में पड़ गया। अगर वह कम बताता तो राजा नाराज हो जाता, ज्यादा बताता तो राजा पूछता कि इतना ज्यादा मोल तुमने कैसे लगाया? उसने राजा से कहा, "महाराज! अब तक मैंने चीजों का मोल लगाया था, इनसान का मोल बताना थोड़ा कठिन काम है। इसके लिए मुझे थोड़ा समय चाहिए।"

राजा हरिश्चंद्र ने उसे एक महीने का समय दे दिया।

व्यापारी रात-दिन बेचैन रहने लगा। एक दिन उसके पिता ने, जो उसी के साथ आया हुआ था, उससे उसकी बेचैनी का कारण पूछा, तो व्यापारी ने उसे सारी बात बता दी। पूरी बात जानने पर पिता ने कहा कि तुम मुझे राजा हरिश्चंद्र के पास ले चलो। राजकुमार का मूल्य मैं राजा को बताऊँगा।

अगले दिन व्यापारी अपने पिता को साथ लेकर राजा हरिश्चंद्र के पास पहुँचा। राजा द्वारा फिर वही प्रश्न दोहराने पर व्यापारी के पिता ने राजकुमार के माथे पर अंगुली फिराते हुए कहा, "महाराज! भाग्य का तो कोई मोल नहीं हो सकता, लेकिन यह राजकुमार दो आने रोज का मजदूर है।"

राजा उसकी बात का आशय समझ गया कि किस्मत को कोई नहीं आँक सकता, जिसकी वजह से यह लड़का राजकुमार बन गया है, लेकिन अगर इससे मजदूरी कराई जाए तो इसको ज्यादा-से-ज्यादा दो आने रोज की मजदूरी पर रखा जा सकता है। राजा हरिश्चंद्र उसके उत्तर से संतुष्ट हो गए। उन्होंने व्यापारी के पिता को प्रसन्न होकर बहुत सा इनाम दिया और व्यापारी को अपने राज्य में व्यापार करने की अनुमति प्रदान कर दी।

❑

राजा हरिश्चंद्र की दयालुता

राजा हरिश्चंद्र दीन-दुखियों की सेवा करना अपना धर्म समझते थे। अतः राजा हरिश्चंद्र प्रतिदिन अपने महल के बाहर दीन-दुखियों और अपंग लोगों को भोजन कराया करते थे। इससे पहले प्रातः हर रोज वे चिड़ियों को दाना-पानी भी देते थे। उनके महल के सामने प्रातः ही दाना चुगने के लिए चिड़ियों के झुंड-के-झुंड इकट्ठे होते थे। उनकी चहचहाहट से पूरा वातावरण गुंजायमान हो जाता था। दरबार लगने तक वह दाना चुगते पक्षियों को एकटक निहारते रहते थे। ऐसा करने से उनके मन को शांति का अनुभव होता था।

एक दिन एक व्यक्ति ने उनसे पूछा, "महाराज ! आप हर दिन कई अपंगों, दीन-दुखियों को खाना मुफ्त में क्यों खिलाते हैं? इससे तो आपको काफी नुकसान उठाना पड़ता होगा?"

इस पर राजा ने प्रश्नकर्ता से कहा, "हर रोज दाना चुगती इन चिड़ियों को मैं देखता हूँ। कई बार मैंने ध्यान किया है कि किसी भी अपाहिज चिड़िया के आसपास का दाना अन्य चिड़ियाँ नहीं चुगतीं। जब पहली बार मैंने यह देखा तो मुझे लगा कि चिड़ियाँ होकर भी वे विकलांगों का इतना ध्यान रखती हैं तो मैं तो इनसान हूँ। मुझे लगा कि अपने राजकोष से विकलांगों को मैं मुफ्त में खाना खिला सकता हूँ। तभी से मैंने इस राह पर चलना शुरू कर दिया। मैं अपने राजकोष से विकलांगों को मुफ्त में खाना खिलाता हूँ। ऐसा करके मेरे मन को शांति मिलती है।

उसकी बात सुनकर वह व्यक्ति राजा के प्रति नतमस्तक हो गया।

❑

शीश का मूल्य

एक दिन राजा हरिश्चंद्र अपने महामंत्री के साथ नगर से बाहर घूमने के लिए निकले। घूमते-घूमते उनकी नजर सामने वृक्ष के नीचे बैठे एक संत पर पड़ी। राजा हरिश्चंद्र अपने घोड़े से उतरे और संत के पास पहुँचकर श्रद्धा से उनके चरणों में अपना शीश झुकाया। कुछ देर संतजी से ज्ञान-ध्यान की बातें करते रहे, फिर उन्हें नमस्कार कर आगे चल दिए।

रास्ते में महामंत्री ने राजा से कहा, "राजन्! आपका इस तरह शीश झुकाना ठीक नहीं है, क्योंकि यह शीश बहुत मूल्यवान है। यह हमारे राज्य की प्रतिष्ठा का प्रतीक है, इस पर राज्य का ताज रखा हुआ है।" महामंत्री की बात सुनकर राजा हरिश्चंद्र खामोश हो गए।

कुछ दिनों बाद राजा हरिश्चंद्र ने मरे हुए कुछ पशुओं के शीश मँगवाए और अपने सेवकों से उन्हें बेच आने को कहा। महामंत्री को एक मानव की खोपड़ी मँगवाकर दी और उन्हें भी उस खोपड़ी को बेच आने का आदेश दिया। पशुओं के शीश तो साज-सज्जा के कारण सहज ही बिक गए, किंतु मानव की खोपड़ी को कौन खरीदता? वह नहीं बिकी।

निराश होकर महामंत्री ने शाम को वापस लौटकर राजा से कहा, "राजन्! मानव की खोपड़ी देखकर सभी डर जाते हैं। इसे कोई खरीदने को तैयार नहीं है।"

इस पर राजा हरिश्चंद्र ने उसे उस खोपड़ी को बिना मूल्य लिये ही बेच आने को कह दिया।

आदेश मानकर महामंत्री पुनः बाजार की ओर चल पड़ा, किंतु मुफ्त में भी वह खोपड़ी किसी ने नहीं ली। निराश महामंत्री ने राजा को बताया कि

इसे तो कोई मुफ्त में भी लेने को तैयार नहीं है।

राजा हरिश्चंद्र बोले, "यह नफरत सिर्फ इसी खोपड़ी से है अथवा किसी भी मानव की खोपड़ी से?"

महामंत्री ने बताया, "नहीं राजन्! मरे मानव की हर खोपड़ी को लोग नफरत से देखते हैं, चाहे वह किसी की भी क्यों न हो।"

उचित अवसर देखकर राजा ने कहा, "यदि मेरा शीश बाजार में ले जाओ, तब तो तुम्हें अच्छा मूल्य मिल जाएगा।"

राजा हरिश्चंद्र का यह कथन सुनकर महामंत्री के कान खड़े हो गए। वह राजा के कहने का अर्थ कुछ-कुछ समझ गया। राजा हरिश्चंद्र भी भाँप गए। उन्होंने मृदु स्वर में कहा, "घबराओ नहीं महामंत्री! कोई परेशानी हो तो बताओ।"

महामंत्री ने कहा, "क्षमा कीजिए महाराज! आपकी खोपड़ी से भी लोग घृणा ही करेंगे।"

तब राजा हरिश्चंद्र ने कहा, "जिस शीश का मूल्य केवल घृणा में बदलता हो, ऐसा शीश यदि किसी महापुरुष के श्रीचरणों में झुके तो इसमें हानि क्या है?"

राजा हरिश्चंद्र का यह कथन सुनकर महामंत्री को वह घटना याद हो आई, जब उसने राजा को एक संत के सामने शीश झुकाने के लिए मना किया था। उसे अपनी गलती का अहसास होने लगा। उस दिन से वह स्वयं साधु-संतों और महापुरुषों को शीश झुकाकर प्रणाम करने लगा।

❑

न्याय का तरीका

राजा हरिश्चंद्र की नींद किसी युवती की सिसकियों का स्वर सुनकर खुल गई। उन्होंने सेवक से यह पता लगाने को कहा कि ये सिसकियाँ किसकी हैं। सेवक ने आकर बताया कि एक युवती अपनी ससुराल जा रही है, यह उसी के रुदन का स्वर है।

"कौन ले जा रहा है उसे ससुराल?" राजा हरिश्चंद्र ने पूछा।

"दामाद आया था, वही ले जा रहा है।" सेवक ने उत्तर दिया।

"तब तो दामाद नाम का प्राणी बहुत निर्दयी होता है। ऐसे प्राणियों को तो फाँसी दे दी जानी चाहिए।" राजा ने हुक्म दिया।

मंत्री ने सुना तो वह सोच में पड़ गया। वह सोचने लगा, "राजा ने यह नींद में कह दिया होगा। आज्ञा पालन तो जरूरी है, पर अन्याय नहीं होना चाहिए।"

मंत्री ने लोहे, चाँदी और सोने की जंजीरें बनाने का हुक्म दिया।

दूसरे दिन शाम को वह राजा हरिश्चंद्र के पास पहुँचा और बोला, "राजन्! दामाद को फाँसी देने की तैयारियाँ हो चुकी हैं। आप चलकर देख लीजिए।" राजा हरिश्चंद्र मंत्री के साथ एक विशाल मैदान में पहुँचे। फाँसी की जंजीरें देखकर राजा ने मंत्री से पूछा, "इतनी तरह की जंजीरें क्यों बनवाई गई हैं?सब एक जैसी क्यों नहीं हैं?"

मंत्री ने कहा, "अन्नदाता! फाँसी देते समय व्यक्ति की गरिमा और उसके पद का खयाल तो रखना ही पड़ेगा। आप भी तो किसी के दामाद हैं। जब आपको फाँसी देने की बारी आएगी, तो सोने की जंजीर का प्रयोग किया जाएगा।"

यह सुनकर राजा हरिश्चंद्र स्तब्ध रह गए। बोले, "तो क्या मुझे भी फाँसी लगेगी?"

"क्यों नहीं लगेगी। आपका आदेश है कि दामादों को फाँसी दे दी जाए। आप भी तो किसी के दामाद हैं। लेकिन घबराइए नहीं, आपको सोने की जंजीर से फाँसी दी जाएगी।" मंत्री ने कहा।

आश्चर्य में डूबे राजा हरिश्चंद्र ने कहा, "जंजीर सोने की हो या लोहे की, क्या फर्क पड़ता है। कार्य तो दोनों का एक ही है–व्यक्ति के प्राण लेना।"

मंत्री बोला, "यह तो आप सोचिए, महाराज! मुझे तो आपके आदेश का पालन करना है।"

राजा ने तुरंत अपना आदेश वापस लेते हुए कहा, "न्याय करते समय अपने विवेक का प्रयोग करना आवश्यक है। मैं यही नहीं कर सका, इसका मुझे अफसोस है।"

❑

अहिंसा का पाठ

महाराजा हरिश्चंद्र के महामंत्री की गिनती अत्यंत कुशल विद्वानों एवं कर्तव्यपरायण राजनीतिज्ञों में होती थी। वे अहिंसा के घोर समर्थक और मानवता के पुजारी थे। उन्हें राजपरिवार का विशेष स्नेह प्राप्त था, इसलिए दूसरे दरबारी उनसे ईर्ष्या करते थे। वे समय-समय पर उनके खिलाफ महाराज के कान भरते रहते थे। एक बार राजा हरिश्चंद्र शिकार खेलने के लिए जाने लगे तो उन्होंने महामंत्री को भी अपने साथ ले लिया। महामंत्री को थोड़ा अजीब सा लगा, लेकिन महाराज का आदेश था, इसलिए वे टाल भी नहीं सकते थे।

दोनों जंगल में बड़ी दूर तक निकल गए। जब महाराज ने हिरणों का एक झुंड देखा तो अपना घोड़ा उनके पीछे दौड़ा दिया। आगे-आगे भयभीत हिरण थे, उनके पीछे महाराज का घोड़ा और उनके पीछे महामंत्री का घोड़ा दौड़ रहा था। महामंत्री सोच रहे थे, 'क्या बिगाड़ा है इन निरीह, मूक पशुओं ने मनुष्य का? आखिर क्यों इनसान इन्हें जब-तब मारता रहता है, और कैसा अविवेकी है यह मनुष्य, जो इन निर्बल पशुओं को मारकर अपनी वीरता पर घमंड करता है। ये बेचारे भागकर कहाँ जाएँगे। जब राजा ही इनके प्राण लेने को आतुर है, तो ये अपनी जान कैसे बचाएँगे?'

तभी महामंत्री को एक युक्ति सूझी। उन्होंने जोर से पुकारकर कहा, "हिरणो! मैं कहता हूँ–जहाँ हो, वहीं रुक जाओ। जब रक्षक ही भक्षक बन गया तो बचकर कहाँ जाओगे।" असल में महामंत्री ने यह बात महाराज की आँखें खोलने के लिए कही थी, पर संयोगवश हिरण अपने आप रुक गए। इस पर महामंत्री ने कहा, "महाराज! ये हिरण आपके सामने खड़े हैं। इनमें

से जितने आपको चाहिए, मार दीजिए।"

अब तो राजा हरिश्चंद्र कभी महामंत्री की ओर देखते तो कभी हिरणों की ओर। वे जैसा इस समय देख रहे थे, वैसा उन्होंने जीवन में पहले कभी नहीं देखा था। अद्‌भुत और अपूर्व दृश्य था। राजा हरिश्चंद्र के दिल में एक हिलोर सी उठी। वे बोले, "महामंत्री! आपने मेरी आँखें खोल दीं। मैं आज से शिकार का त्याग करता हूँ। आज से मैं राज्य में हर प्रकार की हिंसा पर रोक लगाने की कोशिश करूँगा।" उस घटना के पश्चात् राजा हरिश्चंद्र ने कभी शिकार नहीं किया।

❑

जहाँ धर्म वहाँ विजय

एक दिन राजा हरिश्चंद्र के दरबार में एक भिखारी पहुँचा। भिखारी ने कहा, "राजन् या तो आप एक वर्ष के लिए मुझे अपना राज्य दे दीजिए या अपना धर्म दे दीजिए।"

राजा हरिश्चंद्र ने कहा, "धर्म नहीं दे पाऊँगा। आप मेरा राज्य ले लें।"

राजा ने भिखारी को राजगद्दी सौंप दी और स्वयं वन को चले गए। वहाँ उन्हें एक युवती मिली। उसने राजा को बताया कि वह एक राजकुमारी है, शत्रुओं ने उसके पिता को मारकर उसके राज्य पर अधिकार कर लिया है। उस युवती के कहने पर राजा हरिश्चंद्र ने एक दूसरे राजा के नगर में रहना स्वीकार कर लिया। जब भी उसे किसी चीज की आवश्यकता होती, वह युवती उनकी मदद कर देती।

दूसरे नगर का राजा एक दिन राजा हरिश्चंद्र से मिला। दोनों में मित्रता हो गई। एक दिन राजा हरिश्चंद्र ने वहाँ के राजा से कहा कि आप और आपकी सेना मेरे यहाँ भोजन पर आएँ। यह सुनकर सबको बहुत आश्चर्य हुआ कि जिसके पास कुछ भी नहीं है, सबको किस तरह से भोजन कराएगा।

राजा के पास रह रही युवती ने कहा, "आपने न्योता दे दिया है तो सारी व्यवस्था भी हो जाएगी।" और ऐसा हुआ भी। सारी सेना ने सहभोज किया। तब राजा हरिश्चंद्र को बड़ा आश्चर्य हुआ। उसने उस युवती से पूछा कि तुमने यह सारी व्यवस्था कैसे कर ली?

तब उस युवती ने कहा, "आप हिसाब लगाकर देख लीजिए। आपके दान देने की अवधि समाप्त हो गई। अब आप जाकर अपना राज्य

सँभालिए।" राजा हरिश्चंद्र ने कहा, "अब तो तुम्हें भी अपने साथ ही ले जाऊँगा। तुमने संकट के समय मेरी मदद की है।"

इस पर उस युवती का कहना था कि आप जाकर अपना राज्य सँभालें। मैं युवती नहीं हूँ, मैं धर्म हूँ। एक दिन आपने राजपाट छोड़कर मुझे बचाया था, इसलिए मैंने आपकी मदद की। जो धर्म को जानकर उसकी रक्षा करता है, धर्म उसकी रक्षा अवश्य करेगा। जहाँ धर्म है, वहीं विजय है, लेकिन इसके लिए धर्म को गहराई से समझना आवश्यक है।

❑

अचूक शस्त्र

राजा हरिश्चंद्र थे तो शक्तिसंपन्न, परंतु फिर भी उनके पीछे से साजिशें होती रहती थीं। इससे वे स्वयं को असुरक्षित महसूस करते थे और बेहद चिंतित रहते थे। एक दिन राजा हरिश्चंद्र अपनी समस्या के समाधान के लिए गुरु वसिष्ठ के पास गए। वसिष्ठ ने कहा, "ऐसे पीछे से साजिश रचने वाले शत्रुओं पर तुम भी पीछे से वार करो।"

इस पर राजा ने कहा, "महाराज! वे छिपकर वार करते हैं, मैं उन्हें देख नहीं पाता। उनके बारे में मैं जानता भी नहीं हूँ। भला ऐसे शत्रुओं पर कैसे वार करूँ?"

गुरु वसिष्ठ ने हँसकर कहा, "नहीं देख पाते तो बिना देखे वार करो।"

वसिष्ठ की बात सुनकर राजा उलझन में पड़ गए। बिना देखे कैसे वार करूँ! ऐसा तो कोई हथियार होता नहीं, जो शत्रु को देखे बिना उस पर चलाया जाता हो। राजा ने पूछा, "ऐसे अनजान, अनदेखे शत्रुओं को किस शस्त्र से मारूँ?"

वसिष्ठ ने कहा, "उनको तुम ऐसे शस्त्र से मारो, जो लोहे से बना हुआ न हो, मृदु हो और हृदय को बींधने वाला हो।"

राजा ने अकुलाकर पूछा, "हे महात्मन्! ऐसा कौन सा शस्त्र है और कहाँ मिलता है। मैंने तो उसके विषय में कभी सुना नहीं।"

इस पर गुरु वसिष्ठ ने कहा, "वह शस्त्र है यथाशक्ति सारी प्रजा को जीविका उपलब्ध कराना। जब प्रजा को जीविका सुलभ नहीं होती, तभी संघर्ष और कलह होते हैं। जब रोटी मिल जाती है, तब प्रजा सोचती है कि हमें क्या, कोई भी राज करे, अपने को तो कोई कठिनाई नहीं है। दूसरा शस्त्र

है—सहन करना। जो सहन नहीं कर सकता, वह राज नहीं चला सकता। वह दूसरों को साथ लेकर नहीं चल सकता। तीसरा शस्त्र है, जिसको जितना सम्मान देना चाहिए, उसको उतना सम्मान अवश्य देना। ये सभी शस्त्र हैं, पर लोहे से बने हुए नहीं हैं। ये मृदु हैं, पर हृदय पर प्रभाव डालते हैं। यदि इन शस्त्रों से तुम अपने विरोधियों को जीत लोगे, तो जो लोग तुम पर पीछे से प्रहार करते हैं, वे सब तुम्हारे वश में हो जाएँगे। तुम्हारी प्रजा में से कोई तुम्हारा शत्रु नहीं बनेगा और न ही तुम्हारा अहित करेगा।"

गुरु वसिष्ठ की बातें सुनकर राजा हरिश्चंद्र को सत्यता का बोध हो गया। उन्होंने शीघ्र ही अपने व्यवहार में परिवर्तन कर लिया। आगे से राजा सुख की नींद सोने लगा।

❑

स्वप्न का रहस्य

एक बार राजा हरिश्चंद्र ने रात को सोते समय विचित्र स्वप्न देखा। सपने में उन्होंने देखा कि उनकी नगरी लूट ली गई है और वे भिखारी की हालत में भूख-प्यास से व्याकुल होकर जंगल में भटक रहे हैं। भटकते हुए वे एक ऐसे नगर में जा पहुँचे, जहाँ भूखों को खिचड़ी बाँटी जा रही थी।

राजा हरिश्चंद्र भी खिचड़ी माँगने वालों की कतार में खड़े हो गए। लेकिन जब उनकी बारी आई तो खिचड़ी समाप्त हो गई। बाँटने वाले ने कहा, "पतीले के पेंदें में कुछ खुरचन लगा हुआ है, कहो तो वह दे दूँ।"

हरिश्चंद्र के पास कोई उपाय नहीं था, वे खुरचन लेने को तैयार हो गए। बाँटने वाले ने हरिश्चंद्र की पत्तल पर झपट्टा मारा। इससे पत्तल पर रखी वह खुरचन जमीन पर जा गिरी, इतने में ही उनकी नींद खुल गई। उस सपने को देखकर राजा हरिश्चंद्र बहुत भयभीत हुए और सोचने लगे, 'मैं तो रात को भोजन करके सोया था। मुझे तो तनिक भी भूख नहीं है। मैं सोया भी अपने पलंग पर हूँ। अयोध्या का राजा हूँ, फिर सपने में लुटा-पिटा भिखारी क्यों बना? मुझे भूख ने व्याकुल क्यों किया? इन दोनों बातों में सच क्या है? मेरा भिखारी होना या राजा होना? आखिर इस स्वप्न का रहस्य क्या है, इसका संकेत क्या है?'

राजा अपनी जिज्ञासा को लेकर महर्षि वसिष्ठ के पास पहुँचे और सपने के बारे में उन्हें बताया तो वसिष्ठ ने कहा, "राजन! इन दोनों बातों में से एक भी बात सत्य नहीं है। बस तुम ही सत्य हो। स्वप्न में तुम भिखारी थे, परंतु जागने पर तुम भिखारी नहीं रहे। स्वप्न में तुम्हारा राजा होना नहीं रहा, लेकिन भिखारी होने में भी तुम थे और राजा होने में भी तुम ही थे। जो

मिथ्या है, वह रहता नहीं और जो सत्य है, वह कभी मिटता नहीं। सत्य तीनों काल में रहता है। स्वप्न और संसार एक ही है। स्वप्न में संसार रहता है और संसार भी स्वप्न ही है। इसलिए न वह सच था और न ही यह सच है। सबसे बड़ी बात है कि तुम हो तुम्हारा होना ही सबसे बड़ा सच है। बाकी तुम्हारे दूसरे रूपों का कोई अर्थ नहीं है।"

❑

सर्वश्रेष्ठ शासक का पुरस्कार

राजा हरिश्चंद्र ने प्रजा के कल्याण और परोपकार के लिए बहुत से कार्य किए। एक बार अपने अधीन सभी राजाओं के सम्मेलन में उन्होंने कहा, "मुझे आशा है कि आप सब अपने-अपने राज्यों में अच्छे ढंग से राजधर्म निभा रहे होंगे। जिस शासक का काम सबसे अच्छा होगा, उसे अगले वर्ष सर्वश्रेष्ठ शासक के रूप में पुरस्कृत किया जाएगा।"

राजा हरिश्चंद्र की यह घोषणा सुनकर सभी राजा अपने-अपने राज्यों में लौट गए।

एक वर्ष बाद पुरस्कार वितरण का समारोह आयोजित किया गया। वहाँ सबको वर्ष भर की अपनी-अपनी उपलब्धियों का विवरण बताने को कहा गया। एक-एक करके सभी ने अपनी-अपनी उपलब्धियाँ बतानी शुरू कीं।

एक राजा ने कहा, "मैंने अपने राज्य की आमदनी बढ़ा दी है।"

दूसरे ने कहा, "मैंने इस साल पहले वर्ष की अपेक्षा चौगुना राजस्व जमा कराया है।"

तीसरे ने अत्यंत उत्साह के साथ बताया कि राजकोष को भरने के लिए किस तरह से उसका योगदान दूसरों से कहीं ज्यादा है। उसने कहा, "क्योंकि धन एकत्र करने के साथ ही मैंने विरोधियों का दमन भी किया है, इसीलिए यह संभव हो सका है।"

इसी तरह अन्य राजाओं ने भी अपनी-अपनी उपलब्धियों का बखान किया।

अंत में एक राजा ने बड़ी शालीनता और विनम्रता से कहा, "कृपालु महाराज! मैं राजकोष में अधिक धन नहीं जमा करा सका, किंतु राज्य के हर

गाँव में मैंने विद्यालय खुलवाए हैं। यात्रियों की सुविधा के लिए मैंने अनेक स्थानों पर धर्मशालाएँ बनवाई हैं। दो साल पहले राज्य में सूखा पड़ गया था, इसलिए इस बार खेतों की सिंचाई के लिए हर गाँव में कुएँ खुदवा दिए हैं।"

राजा हरिश्चंद्र उस राजा के जनहित में किए गए कार्यों के विषय में सुनकर गद्‌गद हो गए। उन्होंने कहा, "राजा का प्रथम कर्तव्य है कि वह प्रजा के हितों को पहचाने और उसे खुशहाल रखे। जो राजा केवल राजकोष भरने की मंशा से प्रजा से कर लेता है, वह राजा नहीं, एक शोषक मात्र है। मेरा मानना है कि सर्वश्रेष्ठ शासक का पुरस्कार उसी राजा को दिया जाना चाहिए, जिसने प्रजा के हित को सर्वोपरि माना है। ऐसा राजा ही श्रेष्ठ शासक है।" और राजा हरिश्चंद्र ने उस राजा को पुरस्कार देकर सम्मानित किया। तालियों से सारा दरबार गूँज उठा।

❑

धन और बुद्धिमानी

व्यक्ति के पास धन हो, तभी बुद्धिमानी आती है, यह जरूरी नहीं। राजा हरिश्चंद्र के राज्य में एक गाँव था। जहाँ एक गरीब किसान रहता था। एक दिन जब राजा उस गाँव के पास से गुजर रहा था, तो उसने उस किसान को भरी दोपहरी में खेत में काम करते देखा। उसने किसान को अपने पास बुलाया और उससे पूछा, "इतनी मेहनत करने के बाद तुम कितने पैसे कमा लेते हो और उन्हें खर्च कैसे करते हो?"

किसान ने कहा, "महाराज! मैं एक रुपया रोज कमाता हूँ। पहले चौथाई भाग को मैं अपने भोजन आदि पर खर्च करता हूँ। दूसरे भाग को उधार दे देता हूँ, तीसरे भाग को मैं वापस दे देता हूँ, और चौथे भाग को फेंक देता हूँ।"

उसकी यह व्याख्या सुनकर राजा हरिश्चंद्र की समझ में उसकी बात नहीं आई। उन्होंने कहा, "क्या तुम इसे और अच्छे ढंग से समझा सकते हो?"

इस पर किसान ने राजा को बताया, "महाराज! जैसा कि मैं पहले ही कह चुका हूँ। कमाई के चौथे भाग को मैं अपने और अपने परिवार के भोजन आदि पर खर्च करता हूँ। दूसरे को बच्चों पर खर्च करता हूँ। तीसरे को अपने माता-पिता पर खर्च करता हूँ और चौथे को गरीबों में बाँट देता हूँ।"

किसान का जवाब सुनकर राजा ने कहा, "जब तक तुम मेरे चेहरे को सौ बार न देख लो, इस पहेली का जवाब किसी को न बताना।"

अगले दिन राजा हरिश्चंद्र ने वही पहेली अपने सभासदों से पूछी। कोई

भी सभासद पहेली का उत्तर न दे पाया। राजा हरिश्चंद्र ने उन्हें एक दिन का समय दिया।

इसी बीच एक सभासद ने किसी तरह यह पता लगा लिया कि कुछ दिन पहले राजा किसी किसान से मिला था। तब वह जवाब की तलाश में उस किसान के गाँव की ओर चल दिया। सभासद उस किसान से मिला, लेकिन किसान ने उस पहेली का उत्तर बताने से साफ इनकार कर दिया। इस पर सभासद ने सौ मुद्राएँ निकालकर किसान को दे दीं। मुद्राओं के ऊपर राजा हरिश्चंद्र का चेहरा बना हुआ था। किसान की मदद से सभासद ने पहेली का जवाब राजा को बता दिया।

किसान ने पहेली का जवाब सभासद को बताया है, यह जानकर राजा बहुत क्रोधित हुआ। उसने किसान को दरबार में बुलवाया और उस सभासद को पहेली का जवाब बताने के लिए बहुत डाँटा-फटकारा। इस पर किसान ने राजा को बताया, "महाराज! अपराध क्षमा हो, मैंने आपके आदेश का उल्लंघन नहीं किया। सभासद को पहेली का हल बताने से पूर्व मैंने सौ बार आपका चेहरा देखा था।"

"तुमने मेरा चेहरा सौ बार कैसे और कहाँ देख लिया?" आश्चर्यचकित होकर राजा ने पूछा।

"महाराज! राजसी मुद्राओं पर आपका चेहरा बना हुआ है। मैंने उस पर आपका चेहरा सौ बार देखा था, तत्पश्चात् ही पहेली का हल सभासद महोदय को बताया था।" किसान ने कहा।

राजा हरिश्चंद्र किसान की चतुराई से बहुत खुश हुए। उन्होंने उसे ढेरों उपहार दिए। किसान उपहारों को लेकर अपने गाँव की ओर चल दिया।

❑

प्रकृति का चक्र

एक बार अयोध्या राज्य की प्रजा बहुत परेशान हो गई। हुआ यह कि ढेरों पक्षी आते और उनके खेत-खलिहानों का अनाज चट कर जाते। बहुत नुकसान होने लगा। परेशान प्रजा अपना दुखड़ा लेकर राजा हरिश्चंद्र के पास पहुँची। राजा हरिश्चंद्र ने उनकी समस्या को ध्यान से सुना और आदेश दिया कि राज्य के सभी पक्षियों को पकड़कर राज्य की सीमा से बाहर भेज दिया जाए। उन्होंने यह भी घोषणा करा दी कि जो कोई पक्षियों को सीमा से बाहर भेजेगा, उसे पुरस्कृत किया जाएगा।

कुछ तो परेशानी और कुछ इनाम के लालच में लोगों ने पक्षियों को पकड़-पकड़कर सीमा से बाहर भेजना शुरू कर दिया। यह एक राष्ट्रीय अभियान बन गया। धीरे-धीरे राज्य के सारे पक्षी सीमा से बाहर भेज दिए। लोगों ने चैन की साँस ली। राज्य में उत्सव मनाया गया। राजा ने कहा, "चलो यह समस्या तो समाप्त हो गई, अब अनाज का नुकसान नहीं होगा।"

लेकिन अगले ही वर्ष जब लोगों ने खेतों में अनाज बोया तो एक दाना भी नहीं उगा। इसका कारण यह था कि मिट्टी में जो कीड़े थे, उन्होंने बीज को ही खा लिया। पहले ऐसे कीड़ों को पक्षी खा जाते थे और फसल की रक्षा करते थे। लेकिन इस बार राज्य में कोई पक्षी बचा नहीं था, जो इन कीड़ों से फसल को बचाता। फसल पैदा न होने से राज्य में त्राहि-त्राहि मच गई। पहले तो लोगों को समझ में नहीं आया कि आखिर ऐसा हुआ क्यों, लेकिन जब उन्हें वस्तुस्थिति का पता चला तो वे अपनी नादानी पर पछताने लगे।

एक बार फिर सब राजा हरिश्चंद्र के पास पहुँचे। सर्वसम्मति से तय

हुआ कि दूसरे राज्य से पक्षी मँगवाए जाएँ। बड़ी संख्या में पक्षियों के आने के बाद स्थिति सँभली। तब राजा ने प्रजा को समझाया कि सृष्टि में सब जीव एक-दूसरे पर निर्भर हैं। किसी भी चीज को कम करना एक चक्र को तोड़ना होगा। इस पृथ्वी पर जो कुछ भी है, वह बेकार नहीं है और कहीं-न-कहीं एक चक्र से जुड़ा है। इसे नष्ट करने की कोशिश हमारे लिए घातक भी हो सकती है।

❑

सच्चा नरेश

ज्योतिष विद्या का एक प्रकांड पंडित कहीं से गुजर रहा था। रास्ते में उसे एक जगह पदचिह्न दिखाई पड़े। वह यह देखकर दंग रह गया कि वे पदचिह्न किसी सत्यवादी राजा के थे। सामुद्रिक लक्षण जानने वाले उस ज्योतिषी ने सोचा–एक सत्यवादी राजा, इस रास्ते से! वह भी नंगे पैर। राजा यदि जाए तो सवारी पर जाए, साथ में सेना हो, हजारों आदिमयों से घिरा हो, किंतु ये पदचिह्न तो एक ही व्यक्ति के हैं। क्या मेरा ज्योतिष मुझे धोखा दे रहा है? क्या मेरी बुद्धि मारी गई है? ज्योतिषी ने उन पदचिह्नों का पीछा किया।

इस तरह वह वहाँ पहुँच गया, जहाँ एक संत ध्यान लगाए बैठे थे। ज्योतिषी ने थोड़ी देर इंतजार किया। संत जब ध्यान से उठे, तब ज्योतिषी ने कहा, "लगता है, आज मेरा ज्योतिष झूठा पड़ गया है, ये पदचिह्न तो किसी सत्यवादी नरेश के हैं, और आप एक संत हैं।"

वह संत और कोई नहीं, राजा हरिश्चंद्र थे। ज्योतिषी की बातें सुनकर उन्होंने पूछा, "राजा की क्या पहचान है?"

ज्योतिषी ने उत्तर दिया, "राजा अकेला नहीं होता, लेकिन आप?"

राजा हरिश्चंद्र ने कहा, "नहीं, ध्यान रूपी पिता मेरे साथ हैं, अहिंसा रूपी माता और ब्रह्मचर्य रूपी भाई, अनासक्ति रूपी बहन, शांति रूपी पत्नी, विवेक रूपी पुत्र और क्षमा रूपी पुत्री, सभी तो हमारे साथ सदैव रहते हैं। सत्य रूपी मित्रों से मैं घिरा रहता हूँ तो फिर अकेला कैसे?"

ज्योतिषी ने कहा, "अब मुझे समझ आया कि सामुद्रिक लक्षण केवल बाहरी चीजों पर ही आधारित नहीं होते। मनुष्य में बहुत सारी संभावनाएँ

छिपी हुई हैं। वह अगर उनका सदुपयोग करता है तो सत्यवादी नरेश बन जाता है। राजा की सेना तो सीमित होती है, लेकिन शुभ तरंगें सेना से भी दूर तक फैली रहती हैं। स्वामी, आपका ही वास्तविक राज्य है। मेरा ज्योतिष सार्थक हो गया।"

❑

सत्य कभी न छोड़िए

राजा हरिश्चंद्र बहुत धर्मनिष्ठ राजा थे। वे हर समय लोगों की भलाई में ही लगे रहते थे। वे सत्य और धर्म के कठोर उपासक थे तथा सत्य को ही अपना सर्वस्व समझते थे। एक दिन प्रातः उठकर वे सूर्य को प्रणाम कर रहे थे, तभी उन्होंने एक सुंदरी को राजमहल से बाहर जाते देखा।

राजा हरिश्चंद्र के पूछने पर सुंदरी ने कहा, "मैं लक्ष्मी हूँ। बहुत समय तक तुम्हारे यहाँ रह चुकी, अब जा रही हूँ।"

सुंदरी के पीछे-पीछे एक व्यक्ति भी दरवाजे से बाहर निकला। राजा के पूछने पर उसने बताया, "मैं 'दान' हूँ। जब लक्ष्मी ही यहाँ से जा रही है, तो मेरा यहाँ क्या काम? तुम दान कहाँ से दोगे? इसलिए मैं भी जा रहा हूँ।"

कुछ क्षणों के पश्चात् एक तीसरा व्यक्ति महल से बाहर निकला। राजा हरिश्चंद्र के पूछने पर उसने बताया, "मैं 'सदाचार' हूँ। जहाँ लक्ष्मी और दान निवास करते हैं, वहीं मेरा भी निवास रहता है। जब ये दोनों ही यहाँ से जा रहे हैं, तो मैं यहाँ क्यों रहूँ?"

कुछ क्षण उपरांत चौथा व्यक्ति भी बाहर निकला और वह भी उनके पीछे-पीछे जाने लगा।

राजा हरिश्चंद्र के पूछने पर उसने बताया कि वह 'यश' है। जब लक्ष्मी, दान, सदाचार सभी जा रहे हैं तो मैं यहाँ रहकर क्या करूँगा, इसलिए मैं भी राजमहल छोड़कर जा रहा हूँ।

अंत में जब पाँचवाँ व्यक्ति भी बाहर जाने लगा तो राजा हरिश्चंद्र ने पूछ लिया, "आप कौन है?" इस पर उस व्यक्ति ने कहा, "मैं सत्य हूँ। जब ये चारों यहाँ नहीं होंगे, तो मैं भी यहाँ नहीं रह सकता। इसलिए मैं भी जा रहा हूँ।"

इस पर राजा हरिश्चंद्र पाँचवें व्यक्ति अर्थात् सत्य के चरणों में गिर पड़े और दुखी स्वर में बोले, "भगवन्! मैं तो आपका अनन्य भक्त हूँ। यदि आप चले गए तो मेरे प्राण निकल जाएँगे। मैं आपको कदापि नहीं जाने दूँगा।"

राजा हरिश्चंद्र की सत्य के प्रति गहरी निष्ठा देखकर पाँचवाँ व्यक्ति मुसकराकर अंदर जाने लगा तो लक्ष्मी, दान, सदाचार और यश भी महल में स्वत: लौट आए। इसके पश्चात् राजा हरिश्चंद्र की सत्य के प्रति आस्था और भी बढ़ गई।

❑

सभी शासक हैं

राजा हरिश्चंद्र के दरबार में कुछ स्त्री-पुरुष रोते-चिल्लाते फरियाद लेकर आए। वे एक जागीरदार के अत्याचारों से त्रस्त थे। वह जागीरदार कामगारों पर बहुत जुल्म ढाता था। राजा हरिश्चंद्र ने जागीरदार को दरबार में बुलवाया और बोले, "ईश्वर की नजर में हर मनुष्य बराबर है, किंतु तुम अपने खेतों और बागों में काम करने वालों की जिंदगी का कुछ मोल नहीं समझते हो। मैं तुम्हें राज्य से निकाले की सजा देता हूँ।"

दूसरे दिन फिर कुछ लोगों की भीड़ आ जुटी। उन्हें पहाड़ी के उस ओर रहने वाले जागीरदार से शिकायत थी। वह भी अपने नौकर-चाकरों पर बहुत अत्याचार करता था। राजा हरिश्चंद्र ने उसी समय उस जागीरदार को दरबार में आने का बुलावा भेजा।

जागीरदार के दरबार में हाजिर होने पर राजा हरिश्चंद्र ने उसे भी देश निकाले की सजा सुनाई। राजा हरिश्चंद्र ने कहा, "हमारी अपेक्षा खेतों को जोतने-बोने वाले और बागों में फल उगाने वाले लोग ज्यादा सम्मान के हकदार हैं। वे ही हमारे अन्नदाता हैं। किंतु तुम इस सच्चाई को नहीं समझते हो, इसलिए तुम्हारे लिए इस राज्य में कोई जगह नहीं है।"

इस प्रकार लोग अपनी मुसीबतें सुनाने राजा हरिश्चंद्र के पास आते रहे। राजा हरिश्चंद्र भी अपराधियों को देश निकाले की सजा सुनाते रहे। एक दिन राज्य की प्रजा ने महल को चारों ओर से घेर लिया। राजा को लगा कि कुछ गड़बड़ है। वह राजमुकुट और राजदंड हाथों में लेकर भीड़ के सामने जाकर खड़े हो गए और बोले, "अब आप लोग मुझसे क्या चाहते हैं?" इस पर भीड़ का नेतृत्व कर रहे एक व्यक्ति ने कहा, "आपने जहरीले साँपों से

हमें मुक्त कर दिया है। हम कृतज्ञता जताने के लिए आपके पास आए हैं।"

यह सुनकर राजा हरिश्चंद्र ने कहा, "संसार में शासक नाम की कोई चीज नहीं है। जो स्वयं सक्षम हैं, वे ही शासन करने के योग्य हैं।" यह कहकर राजा हरिश्चंद्र ने राजमुकुट और राजदंड सहित महल में प्रवेश किया। अब राज्य का हर व्यक्ति स्वयं को राजा समझ रहा था, वहाँ की प्रजा अब सुख-शांति से रहने लगी थीं।

❑

साधु का जीवन

एक बाबाजी घूमते-फिरते एक नगर में पहुँचे। रात हो गई थी। नगर का दरवाजा बंद हो गया था। बाबाजी को ठंड लगी। गरम कपड़ा पास में था नहीं। बाबाजी ने सोने के लिए जगह देखी। उन्हें एक भड़भूजे की भट्ठी दिखाई दी। बाबाजी ने सोचा, यह जगह बढ़िया है। भट्ठी के भीतर थोड़ी-थोड़ी गरमाहट थी। बाबाजी उसके भीतर जाकर सो गए।

सुबह हुई। बाबाजी की नींद खुली। बगल में ही राजा हरिश्चंद्र का महल था। उधर राजा की नींद खुली और अपने साथियों के साथ सैर करने निकल पड़े। राजा ने अपने साथियों से पूछा, "कहो भाई! रात कैसी बीती?"

उधर बाबाजी भट्ठी के भीतर से बोले, "कुछ तुम्हारे जैसी, कुछ तुम्हारे से अच्छी।"

राजा को अनजानी आवाज सुनकर थोड़ा आश्चर्य हुआ। राजा ने फिर पूछा, "रात कैसी बीती?"

बाबा ने फिर कहा, "कुछ तुम्हारे जैसी, कुछ तुम्हारे से अच्छी।"

राजा ने अपने सिपाहियों को भेजा कि जाकर देखो, "यह कौन बोल रहा है? उसको पकड़कर मेरे सामने लाओ।"

सिपाहियों ने चारों ओर देखा, पर उनको कोई नहीं दिखाई दिया। जब पुनः बाबाजी ने यही बात कहीं, तब सिपाहियों ने देखा कि भट्ठी के भीतर एक बाबाजी बैठे हैं, वही बोल रहे हैं। उन्होंने बाबाजी से कहा कि चलो, आपको राजा ने बुलाया है।

बाबाजी ने कहा, "मैंने कौन सा अपराध किया है, जिसके कारण राजा ने मुझे बुलाया है?"

सिपाहियों ने कहा, "आपको किसी अपराध के कारण नहीं बुलाया है, वे तो आपसे मिलकर कुछ बात करना चाहते हैं।"

यह सुनकर बाबाजी भट्‌ठी से बाहर निकले। उनके मुख और शरीर पर जगह-जगह भट्‌ठी की राख लगी हुई थी। कहीं-कहीं कालिख भी लगी हुई थी। वे उसी अवस्था में सिपाहियों के साथ चल पड़े। सिपाहियों ने बाबाजी को राजा के सामने लाकर खड़ा कर दिया। राजा हरिश्चंद्र ने बाबा को प्रणाम किया और पूछा, "बाबाजी! मेरे प्रश्न का उत्तर आपने ही दिया था?"

बाबाजी बोले, "हाँ, मैंने प्रश्न सुना तो उत्तर दे दिया, मुझे पता नहीं था कि प्रश्न आपने किया था।"

राजा हरिश्चंद्र ने कहा, "मैंने पूछा कि रात कैसे बीती तो आपने उत्तर दिया कि कुछ तुम्हारे जैसी, कुछ तुम्हारे से अच्छी। अब आप बताएँ कि रात मेरे जैसी कैसे बीती? मैं तो महल में सोया था और आप भट्‌ठी में, फिर मेरे जैसी कैसे हुई?"

बाबाजी बोले, "जब मैं और आप सो गए, तब न तो मुझे भट्‌ठी याद रही और न आपको महल याद रहा, तो हम दोनों बराबर हो गए न? आप नरम-नरम गद्‌दे पर सोए, मैं नरम-नरम राख पर सोया।"

राजा हरिश्चंद्र बोले, "और मेरे से अच्छी कैसे हुई?"

बाबाजी बोले,"नींद खुलते ही आपको अपनी और राज्य की सैकड़ों चिंताएँ सताने लगीं। पर मुझे कोई चिंता है ही नहीं, इसलिए मेरी रात आपसे भी अच्छी बीती।"

बाबाजी की बात सुनकर राजा उनके पैरों पर गिर पड़े और उन्हें महल के अंदर लाकर उनकी सेवा की। बाबा ने राजा को एक अद्‌भुत ज्ञान का परिचय करा दिया था।

❑

दूसरों के लिए

राजा हरिश्चंद्र बड़े ही न्यायप्रिय तथा प्रजापालक थे। वे हर समय अपनी प्रजा की भलाई के लिए चिंतित रहते थे। एक दिन वे शिकार करने जा रहे थे। रास्ते में उन्होंने देखा कि एक वृद्ध छोटा-सा पौधा लगा रहा है। राजा उत्सुकतावश उसके पास गए और बोले, "यह आप किस चीज का पौधा लगा रहे हैं?"

वृद्ध ने धीमे स्वर में कहा, "अखरोट का।"

राजा हरिश्चंद्र ने हिसाब लगाया कि उसके बड़े होने और उस पर फल आने में कितना समय लगेगा। हिसाब लगाकर उसने आश्चर्य से वृद्ध की ओर देखा। फिर बोला, "सुनो भाई, इस पौधे के बड़े होने और उस पर फल आने में कई साल लग जाएँगे, तब तक तो शायद तुम रहोगे भी नहीं।"

वृद्ध ने राजा की ओर देखा। वह राजा की दुविधा को भाँप गया। उसने कहा, "आप सोच रहे होंगे कि मैं पागलपन का काम कर रहा हूँ। जिस चीज से आदमी को फायदा नहीं हो, उस पर कौन मेहनत करता है, लेकिन यह भी सोचिए कि इस बूढ़े ने दूसरों की मेहनत का कितना लाभ उठाया है। दूसरों के लगाए पेड़ों के कितने फल खाए हैं। क्या उस कर्ज को उतारने के लिए मुझे कुछ नहीं करना चाहिए? क्या मुझे इस भावना से पेड़ नहीं लगाने चाहिए कि उसके फल दूसरे लोग खा सकें? जो केवल अपने लाभ के लिए काम करता है, वह स्वार्थी होता है।"

बूढ़े की बात सुनकर राजा हरिश्चंद्र ने निश्चय कर लिया कि वह प्रतिदिन एक पौधा अवश्य लगाएँगे।

इस तरह की सोच वर्तमान को ही नहीं, भविष्य को भी सुंदर और

शुभकर बनाती है। बिना किसी प्रत्यक्ष लाभ के दूसरों के लिए कर्म करना ही आंतरिक श्रेष्ठता का प्रतीक है।

❑

भौतिकवाद का मार्ग

एक दिन राजा हरिश्चंद्र ने दरबारियों से पूछा कि नष्ट होने वाले की क्या गति होती है? इसका उत्तर कोई दरबारी नहीं दे सका। महर्षि वसिष्ठ से पूछा गया तो उन्होंने कहा कि वे कल इसका उत्तर देंगे।

राजा हरिश्चंद्र रोज सुबह सैर करने जाया करते थे। अगले दिन टहलकर लौटते समय उन्होंने देखा कि रास्ते में एक संन्यासी खड़ा है, जिसके भिक्षापात्र में मांस के टुकड़े रखे हुए हैं। हरिश्चंद्र ने आश्चर्यचकित होकर पूछा, "अरे भिक्षु! तू संन्यासी होकर मांस का सेवन करता है?"

संन्यासी ने कहा, "मांस खाने का आनंद बिना शराब के कैसे आ सकता है।"

राजा ने चकित होकर पूछा, "क्या शराब भी तुझे अच्छी लगती है?"

संन्यासी बोला, "केवल शराब ही मुझे प्रिय नहीं है, वेश्यावृत्ति भी प्यारी है।"

राजा हरिश्चंद्र यह सोचकर बड़े दुखी हुए कि उनके राज्य में ऐसे भी संन्यासी हैं, जिनकी मांस, शराब और वेश्यावृत्ति में भी रुचि है। उन्होंने पूछा, "अरे, वेश्याएँ तो धन की इच्छुक होती हैं। तू साधु है, तेरे पास तो धन नहीं है।"

संन्यासी बोला, "मैं जुआ खेलकर और चोरी करके धन जुटा लेता हूँ।"

राजा ने पूछा, "अरे भिक्षुक, तुझे चोरी और जुआ भी प्रिय है?"

संन्यासी ने कहा, "जो व्यक्ति नष्ट होना चाहता हो, उसकी और क्या गति हो सकती है।"

राजा हरिश्चंद्र समझ गए कि यह महर्षि वसिष्ठ ही हैं और कल के प्रश्न का उत्तर दे रहे हैं। तभी महर्षि वसिष्ठ ने अपने असली रूप में आकर कहा, "भौतिकवाद का मार्ग भी नष्ट होने का मार्ग है।" ❑

राजा हरिश्चंद्र की दुविधा

राजा हरिश्चंद्र प्रतिदिन अन्न-वस्त्र, स्वर्ण मुदाएँ आदि दान करके ही भोजन ग्रहण करते थे। प्राय: यही सोचते रहते कि उनके जैसा कोई दयालु और दानी नहीं है। फिर भी उनका मन अशांत रहता था। एक बार उन्होंने दो नगरवासियों को बात करते सुना। एक कह रहा था, "राजा हरिश्चंद्र के राज्य में हम कितने सुखी हैं। हमें किसी प्रकार की चिंता नहीं है। उनकी दानशीलता का कोई जवाब नहीं है।"

इस पर दूसरे ने कहा, "हाँ भाई, तुम्हारी बात तो ठीक है। पर लोगों को सुख-समृद्धि देने वाला स्वयं कितना अशांत रहता है। राजा से अच्छा तो वह संत है, जिसने साधनहीन होकर भी मन की शांति प्राप्त कर ली है।"

राजा हरिश्चंद्र ढेर सारी स्वर्ण मुद्राएँ लेकर उस संत के पास पहुँचे। उन्होंने संत से कहा, "यह तुच्छ भेंट आपके लिए लाया हूँ, इसे स्वीकार करके मुझे कृतार्थ करें।"

संत ने कहा, "राजन्! आप ज्ञान-पिपासा शांत करने आए हैं, फिर इन सब वस्तुओं की क्या आवश्यकता थी। मैं क्या करूँगा इन्हें लेकर। जब इन वस्तुओं की व्यर्थता का बोध हो जाए, तब मेरे पास आना।"

राजा हरिश्चंद्र बोले, "मेरा जीवन तो निरर्थक है।"

इस पर संत ने मुसकराकर कहा, "यह आपने कैसे सोच लिया। आपका जीवन व्यर्थ नहीं गया है। सच्चाई यह है कि अभी तक आपने जो भी दान-पुण्य किए, वे प्रशंसा की आशा में किए, सो आपको प्रशंसा मिली थी।"

यह सुनकर राजा की जिज्ञासा बढ़ी। उन्होंने कहा, "मैं राज्य और

अपनी समस्त सुख-सुविधाएँ छोड़ने के लिए तैयार हूँ।" इस पर संत बोले, "आपको कुछ भी छोड़ने की आवश्यकता नहीं है। आपके भीतर इन सबके प्रति आसक्ति का जो भाव है, उसे छोड़ना होगा। राजकार्य कीजिए, पर अपने को सेवक समझकर। दान दीजिए यह समझकर कि अमानत वापस कर रहे हैं। स्वयं को कर्ता नहीं, माध्यम समझिए।"

संत की ज्ञान भरी बातें सुनकर राजा हरिश्चंद्र का मन शांत हो गया और उन्होंने प्रण किया कि वे सदा सुख-शांति के लिए ही कार्य करेंगे।

❑

स्वर्ग के दर्शन

राजा हरिश्चंद्र अपने दरबारियों से पौराणिक आख्यान सुना करते थे। एक मंत्री ने राजा को इंद्र और उनके स्वर्ग की कथा सुनाई। कथा सुनकर राजा ने कहा, "मंत्रीजी, स्वर्ग की बात मुझे तो व्यर्थ लगती है।"

मंत्री बोला, "महाराज, स्वर्ग तो वास्तव में होता है।"

यह सुनकर राजा हरिश्चंद्र ने कहा, "यदि ऐसा है तो आप हम सभी को इंद्र की सवारी के दर्शन कराएँ।"

मंत्री को राजा के इस आग्रह ने बड़ी परेशानी में डाल दिया। दिन बीतने लगे। इसी बीच राजा ने राजधानी की नदी पर बाँध का निर्माण कार्य शुरू कराया, जिसकी देख-रेख का काम उसी मंत्री को सौंपा गया। जब बाँध बन गया तो मंत्री ने उसके पास एक दीवार बनवाकर उसमें छोटे-छोटे सरोवर बनवाए। सुंदर नक्काशी से दीवार व झरोखे सुशोभित हो उठे।

शरद पूर्णिमा की रात मंत्री, राजा व दरबारियों को लेकर नदी पर गया और सभी को झरोखों में बिठाकर कहा, "अभी आप सभी को यहाँ इंद्र की सवारी आती दिखाई देगी।" फिर मंत्री ने जोर-जोर से बोलना शुरू किया, "देखिए महाराज! इंद्र की सवारी आ रही है। ऐरावत पर इंद्र, साथ में सुंदर अप्सराएँ। वाह! किंतु पुण्यशाली लोगों को ही यह दिखाई देगा, पापी को नहीं।"

किसी को कुछ नहीं दिखाई दिया, किंतु फिर भी सभी चुप बैठे रहे।

अगले दिन राजा हरिश्चंद्र ने मंत्री से वास्तविकता जाननी चाही, तो वह बोला, "महाराज! आपने बाँध बनवाया है। इससे गरीबों को बड़ा सुख मिला है। उनके सुख में ही आपका स्वर्ग छिपा है।"

राजा हरिश्चंद्र समझ गए कि व्यक्ति के सत्कर्म ही धरती पर स्वर्ग के दर्शन करा देते हैं। यह है कि हम दूसरों के चेहरों पर तनिक भी खुशी ला सकें, उनके जीवन का एक कोना भी हरा-भरा कर सकें, बस वहीं स्वर्ग मिल जाता है।

❑

राजा हरिश्चंद्र और तीन प्रश्न

सत्यता, धर्म, निष्ठा और कर्तव्य के प्रति समर्पित राजा हरिश्चंद्र जिज्ञासु प्रवृत्ति के भी थे। वे हमेशा नए ज्ञान की खोज में रहते थे तथा ज्ञानी, विद्वानों का सम्मान करते थें। राजा हरिश्चंद्र जब भी किसी से मिलते तो उससे तीन प्रश्न अवश्य करते।

पहला–'कौन व्यक्ति श्रेष्ठ है?' दूसरा–'कौन सा समय श्रेष्ठ है?' और तीसरा–'कौन सा कार्य श्रेष्ठ है?' सब लोग इन प्रश्नों के अलग-अलग उत्तर देते, किंतु राजा को उनके उत्तर से संतुष्टि नहीं होती थी।

एक दिन राजा शिकार करने जंगल में गए। इस दौरान वह थक गए और भूख-प्यास सताने लगी। भटकते हुए वह एक आश्रम में पहुँचे। उस समय आश्रम में रहने वाले संत आश्रम के फूल-पौधों को पानी दे रहे थे। राजा को देख उन्होंने अपना काम तुरंत रोक दिया। वह राजा को आदर के साथ अंदर ले आए। फिर उन्होंने राजा को खाने के लिए मीठे फल दिए।

तभी एक व्यक्ति अपने साथ एक घायल युवक को लेकर आश्रम में आया। उसके घावों से खून बह रहा था। संत तुरंत उसकी रक्षा में जुट गए। संत की सेवा से युवक को बहुत आराम मिला। राजा ने जाने से पहले उस संत से भी वही तीन प्रश्न पूछे। संत ने कहा, "आपके तीनों प्रश्नों का उत्तर तो मैंने अपने व्यवहार से अभी-अभी दे दिया है।"

राजा हरिश्चंद्र कुछ समझ नहीं पाए। उन्होंने निवेदन किया, "महाराज, मैं कुछ समझा नहीं। स्पष्ट रूप से बताने की कृपा करें!"

संत ने राजा हरिश्चंद्र को समझाते हुए कहा, "राजन्! जिस समय आप आश्रम में आए, मैं पौधों को पानी दे रहा था। वह मेरा धर्म है, लेकिन आश्रम

अतिथि के रूप में आने पर आपका आदर-सत्कार करना मेरा प्रधान कर्तव्य था। पर इसी बीच आश्रम में घायल व्यक्ति आ गया, उस समय उस संकटग्रस्त व्यक्ति की पीड़ा का निवारण करना भी मेरा कर्तव्य था। मैंने उसकी सेवा की और उसे राहत पहुँचाई। संकटग्रस्त व्यक्ति की सहायता करना श्रेष्ठ कार्य है। इसी तरह हमारे पास आने वालों के आदर-सत्कार करने का, उसकी सेवा-सहायता करने का समय ही श्रेष्ठ है।"

यह सुनकर राजा संतुष्ट हो गया और पुनः महल की ओर लौट पड़े।

❑

राजा का कर्तव्य

एक दिन राजा हरिश्चंद्र वेश बदलकर राज्य में घूम रहे थे कि एक झोंपड़ी के आगे रुक गए। अंदर झाँका। देखा एक औरत फर्श पर लेटी कराह रही है। जाहिर था कि बीमार थी। पास ही दो बच्चे माँ से रोटी माँग रहे थे। एक तरफ चूल्हे पर मिट्टी की हाँड़ी चढ़ी हुई थी, लेकिन चूल्हे में आग के नाम पर राख थी।

हरिश्चंद्र देखते रहे। औरत कभी तो बच्चों को डाँट देती और कभी कहती कि खाना पक रहा है। बस थोड़ा इंतजार करो। राजा हरिश्चंद्र ने दरवाजा खटखटाया। अंदर से आवाज आई, "कौन है भाई? आ जाओ।"

राजा हरिश्चंद्र ने अंदर प्रवेश किया। पता चला कि औरत को तेज बुखार है। उसने बताया कि बच्चों ने कल से कुछ नहीं खाया है। राजा हरिश्चंद्र ने पूछा,"फिर इस हँड़िया में क्या पक रहा है?"

औरत बोली, "खुद ही देख लो।"

राजा हरिश्चंद्र ने ढक्कन उठाया। हाँड़ी में पानी था। राजा ने कहा, "जब घर में खाने को कुछ नहीं था तो तुम राजा के पास क्यों नहीं गईं?"

औरत बोली, "क्या राजा का कोई फर्ज नहीं है? एक अच्छे राजा को मालूम होना चाहिए कि उसके राज्य में लोगों की हालत क्या है–कौन भूखा है और किसे क्या शिकायत है? किसके पास क्या नहीं है। और किसके साथ क्या जुल्म हो रहा है?"

राजा हरिश्चंद्र ने कहा, "इतने लोग हैं। तुम्हीं बताओ कि राजा किस-किस की खबर रखे।"

औरत तिलमिलाकर बोली, "अगर राजा इन बच्चों के बाप को मरने

के लिए जंग में उतार सकता है तो उसका कर्तव्य बनता है कि वह सैनिकों के बीवी-बच्चों की देखभाल का इंतजाम भी करे।"

यह सुनकर राजा हरिश्चंद्र बहुत शर्मिंदा हुए। उनसे ऐसी बड़ी भूल कैसे हो गई? राजा हरिश्चंद्र ने तुरंत महल पहुँचकर महामंत्री को आदेश दिया कि युद्ध में मारे गए सभी सैनिकों के परिवार के पालन-पोषण में जरा सी भी लापरवाही न बरती जाए। राजा की आज्ञा का तुरंत पालन किया गया। उस बीमार औरत के परिवार के साथ-साथ युद्ध में मरने वाले सभी सैनिकों के परिवारों को फिर कभी कोई कमी का सामना नहीं करना पड़ा।

❑

राजा हरिश्चंद्र और विश्वामित्र

एक दिन इंद्र की सभा में विश्वामित्र और वसिष्ठ के अलावा देवगण, गंधर्व, पितर और यक्ष आदि बैठे हुए चर्चा कर रहे थे कि इस धरती पर सबसे बड़ा दानी, धर्मात्मा और सत्यवादी कौन है?

महर्षि वसिष्ठ ने कहा, "संसार में ऐसा पुरुष एकमात्र मेरा शिष्य राजा हरिश्चंद्र है। उसके जैसा सत्यवादी, दाता, प्रजात्सल, प्रतापी, धर्मनिष्ठ राजा न तो पृथ्वी पर पहले कभी हुआ है और न ही कभी होगा।"

जब किसी के प्रति वैमनस्य की भावना हो, तो दूसरे की छोटी-से-छोटी बात विक्षोभ का कारण हो जाती है। इसलिए विश्वामित्र क्रोधित हो उठे, "एक पुरोहित की दृष्टि में उसके यजमान में ही समस्त गुणों का निवास होता है। मैं जानता हूँ राजा हरिश्चंद्र को। मैं स्वयं उसकी परीक्षा लूँगा। इससे वसिष्ठ के यजमान की पोल अपने आप खुल जाएगी।"

महर्षि वसिष्ठ के लिए विश्वामित्र के कहे गए ये वचन देवताओं को अच्छे न लगे। इनमें उन्हें विश्वामित्र के अहंकार की गंध आ रही थी। वे सोच रहे थे कि ऋषि भी अगर ऐसी भाषा का प्रयोग करेंगे, तो सामान्य व्यक्ति का क्या?

देवराज जानते थे कि दो ऋषियों के बीच हुए विवाद में फँसने से कोई लाभ होने वाला नहीं है। वे दोनों महर्षियों के स्वभाव से भली-भाँति परिचित थे। इंद्र जानते थे कि विश्वामित्र के मन में क्यों वसिष्ठ के प्रति ईर्ष्या का भाव है।

महर्षि वसिष्ठ ने अत्यंत शांत और गंभीर वाणी में विश्वामित्र से कहा, "आप कहते हैं! परीक्षा ही व्यक्ति को दृढ़ बनाती है। परीक्षा से ही किसी

को अपनी योग्यता का ज्ञान होता है। वैसे तो प्रत्येक व्यक्ति स्वयं को लोगों के बीच यही सिद्ध करता है कि वही योग्य है बस!"

महर्षि के इन वाक्यों का विश्वामित्र पर विपरीत प्रभाव पड़ा। उन्हें लगा, मानो सबकुछ उन्हीं को केंद्र में रखकर कहा गया है। महर्षि वसिष्ठ ने आगे कहा, "आप स्वयं परीक्षा लीजिए! सत्य सामने आ जाएगा।"

अब विश्वामित्र की सहनशक्ति समाप्त हो गई थी। वे वहाँ से उठकर चल दिए।

❑

राजा हरिश्चंद्र और मायावी तपस्विनी

एक दिन राजा हरिश्चंद्र वन में शिकार के लिए गए हुए थे। तभी उनके कानों में किसी की पुकार सुनाई दी, "मेरी रक्षा करो, मेरी रक्षा करो, राजन!"

राजा हरिश्चंद्र ने आगे बढ़कर देखा कि एक तपस्विनी अपने दोनों हाथों को ऊपर उठाकर रोते हुए रक्षा करने की गुहार लगा रही है।

राजा ने दाएँ-बाएँ नजर दौड़ाई, लेकिन उसे वहाँ कोई अन्य व्यक्ति दिखाई न दिया। तब राजा ने हैरान होकर तपस्विनी ने पूछा, "कौन पापी आपको कष्ट पहुँचा रहा है? मेरे राज्य में किसका इतना साहस है, जो अपने वस्त्रों में आग बाँधना चाहता है? मेरे ये नुकीले बाण अभी उसे मौत की नींद सुला देंगे।"

उस तपस्विनी ने कहा, "राजन! यहाँ से थोड़ी दूरी पर एक तपस्वी घोर तप करके मेरी सारी सिद्धियों को मुझसे छीने ले रहा है। मैं उसी से भयभीत होकर रक्षा की पुकार लगा रही हूँ।"

"तुम डरो मत और निर्भय होकर तप करो।" राजा ने कहा, "मैं अभी उसे देखता हूँ।"

यह कहकर राजा वहाँ से चला गया। उनके जाते ही तपस्विनी अंतर्धान हो गई।

जंगल में तपस्विनी को ढूँढ़ते हुए राजा हरिश्चंद्र तपस्वी के निकट पहुँचे, जो घोर तपस्या कर रहा था। उसका मुख दूसरी ओर था, इसलिए राजा हरिश्चंद्र उसे पहचान नहीं पाए कि वह कौन है।

राजा ने उसे ललकारा, "अरे दुष्ट! तू असहाय अबला स्त्री की

सिद्धियों को हड़पने के लिए तपस्या कर रहा है। तुझे लज्जा नहीं आती? ऐसी तपस्या करने से क्या लाभ, जो दूसरों को दुख पहुँचाए? तू जरूर कोई पाखंडी तांत्रिक है, जो ऐसा कर रहा है। लेकिन जब तक राजा हरिश्चंद्र जीवित है, तब तक अपने राज्य में ऐसा अधर्म और अन्याय नहीं होने देगा। मैं तेरी तपस्या कभी पूरी नहीं होने दूँगा। तू कौन है, उठकर मेरे सामने आ। अन्यथा मेरे अमोघ बाण तुझे बींध डालेंगे।"

राजा की वाणी का उस तपस्वी पर कोई प्रभाव न होते देख हरिश्चंद्र आगे बढ़े, "ठहर जा, देखता हूँ तुझे।"

राजा हरिश्चंद्र के शब्द सुनकर तपस्वी उठ खड़ा हुआ और क्रोधित होकर बोला, "ठहर जा दुरात्मन्! अभी तुझे तेरे अहंकार का मजा चखाता हूँ।"

अपने सामने राजर्षि विश्वामित्र को देखकर राजा हरिश्चंद्र हक्के-बक्के रह गए। धनुष-बाण फेंक वे उनके सम्मुख हाथ जोड़कर बैठ गए और नम्रता से बोले, "महर्षि! मैंने जघन्य अपराध किया है। आप मुझे क्षमा करें। नासमझी में ही मुझसे यह अपराध हो गया है। राजा का धर्म है कि वह किसी को विपत्ति में देखकर उसकी रक्षा करे। दान देना और रक्षा करना ही तो राजा का धर्म है। प्रजा की सुरक्षा के लिए ही राजा शस्त्र उठाता है। आप तो राजधर्म को अच्छी प्रकार से समझते हैं। आप ही मेरा न्याय कीजिए।"

विश्वामित्र राजा की बात सुनकर शांत हो गए।

कुछ देर शांत रहने के बाद उन्होंने राजा से पूछा, "राजन! तुम पहले यह बताओ कि दान किसे देना चाहिए, रक्षा किसकी करनी चाहिए और युद्ध किससे करना चाहिए?"

विश्वामित्र की बात सुनकर राजा हरिश्चंद्र उठकर खड़े हो गए और बोले, "भगवन्! ब्राह्मण और दरिद्र लोग दान के पात्र हैं, भयभीत व्यक्ति

रक्षा के योग्य है और यज्ञकार्य में जो बाधा डाले, उससे युद्ध करना ही क्षत्रिय का धर्म है।"

विश्वामित्र ने कहा, "राजन! तुमने भयभीत की रक्षा करने का प्रयत्न किया, इसमें तुम्हारा कोई अपराध नहीं है। लेकिन क्या तुम मुझ ब्राह्मण को दान भी दे सकते हो? मैं यज्ञ करना चाहता हूँ। क्या तुम मुझे दक्षिणा दोगे?"

राजा हरिश्चंद्र प्रसन्न होकर बोले, "भगवन्! आप जो चाहें माँग लें। मैं आपको वह सब दूँगा। सोना, पुत्र, पत्नी, यह शरीर, प्राण, राज्य, संपत्ति जो भी मेरे अधिकार में है, वह सबकुछ।"

विश्वमित्र अवाक् होकर बोले, "ठीक है राजन! जब मुझे आवश्यकता होगी, तब मैं तुमसे माँग लूँगा। अभी तुम जाओ और राजधानी में जाकर अपना राज-काज देखो, किंतु अपना वचन याद रखना।"

राजा हरिश्चंद्र वचन देकर अपनी नगरी वापस चले आए।

❑

विश्वामित्र द्वारा परीक्षा

हरिश्चंद्र के जाने के उपरांत विश्वामित्र ने मन-ही-मन सोचा, 'देखूँ तो कैसा दाता है हरिश्चंद्र! इसकी परीक्षा लेनी चाहिए।'

ऐसा सोचकर विश्वामित्र ने अपनी दाढ़ी का एक बाल तोड़कर धरती पर पटका तो एक भयानक शूकर गर्जना करता हुआ वहाँ प्रकट हो गया।

विश्वामित्र से वह शूकर मनुष्य की बोली में बोला, "मेरे लिए क्या आज्ञा है, गुरुदेव?"

विश्वामित्र ने हाथ उठाकर उसे आदेश दिया, "जाओ, राजा हरिश्चंद्र की राजधानी अयोध्या में जाओ और उसका सारा उपवन उजाड़ दो। जब राजा तुम्हें मार डालना चाहे तो उससे अपने प्राणों की भीख माँगना।"

"जो आज्ञा गुरुदेव!" शूकर बोला और पलटकर तेज गति से अयोध्या की ओर चल पड़ा।

वह भयानक शूकर गुर्राता हुआ अयोध्या पहुँचा और राजा के उपवन में घुसकर बिना किसी भय के लता-वृक्षों को तोड़ने-उजाड़ने लगा। कुंजों को उसने नष्ट कर दिया और वृक्षों को जड़ सहित उखाड़ फेंका।

उसकी विनाशलीला देखकर उपवन के रक्षक उसे घेरकर उस पर बाण वर्षा करने लगे, भालों से उसके शरीर को गोदने लगे। परंतु उस पर उनके प्रहारों का कोई प्रभाव नहीं पड़ा। उल्टे जब वह जोर से गुर्राकर उनकी ओर झपटता तो वे सभी अपनी-अपनी जान बचाकर इधर-उधर भाग जाते।

तब एक किनारे सुरक्षित खड़े रक्षकों के नायक ने अपने एक रक्षक से कहा, "यह शूकर तो काबू में नहीं आ रहा है। हमें इसकी जानकारी राजा को देनी चाहिए।"

"आप ठीक कहते हैं, मैं जाता हूँ। अन्यथा यह महाविनाश कर देगा।" रक्षक ने कहा और पलटकर चला गया।

रक्षक जब राजा के पास दरबार में पहुँचा तो राजा हरिश्चंद्र दरबार लगाए बैठे थे। रक्षक ने फरियाद की, "महाराज की जय हो। महाराज! एक भयानक शूकर राजकीय उपवन में घुस आया है और भारी उत्पात मचा रहा है। सशस्त्र रक्षक भी उस शूकर से बाग की रक्षा नहीं कर पा रहे हैं। वह शूकर न तो राक्षस है, न ही दानव। बाण, भाले, पत्थर और लाठियाँ भी उसे रोक नहीं पा रहे हैं। सभी रक्षक उससे अपनी जान बचाने के लिए इधर-उधर भाग रहे हैं। किसी की हिम्मत उसके सामने जाने की नहीं हो रही है।"

"अरे! ऐसा कैसा शूकर है वह?" राजा हरिश्चंद्र चौंककर उठ खड़े हुए और बोले, "चलो, हम स्वयं चलकर उसे देखते हैं।"

राजा ने अपना घोड़ा, कुछ सशस्त्र सैनिक बुलाए और उपवन की ओर चल पड़े।

उपवन की दशा देखकर राजा को क्रोध आ गया। उन्होंने शूकर को ललकारा तो शूकर बाग छोड़कर भाग खड़ा हुआ।

राजा हरिश्चंद्र ने उसका पीछा किया। पीछा करते-करते वह शूकर राजा को एक भयानक वन में ले गया। राजा के साथ आए सैनिक काफी पीछे छूट गए।

घनघोर जंगल में राजा ने शूकर को घेर लिया और जैसे ही उस पर बाण छोड़ने लगे, वह शूकर मनुष्य की बोली में बोला, "राजन! मैं जंगली जानवर हूँ। मुझमें बुद्धि-विवेक नहीं है। मैंने जो किया, वह मेरा स्वभाव है, अपराध नहीं है। आप तो राजा हैं। न्यायप्रिय हैं। बुद्धिमान हैं। आप मुझे मेरे प्राणों की भीख दे दीजिए।"

दूसरे ही पल वह शूकर अंतर्धान हो गया।

शूकर के अंतर्धान होते ही राजा हरिश्चंद्र सोच में पड़ गए, 'यह कैसी माया है! मनुष्य की बोली में बोलने वाला शूकर कौन था?'

तभी एक ब्राह्मण वहाँ आया और राजा को चिंतित अवस्था में खड़े देखकर पूछने लगा, "आप कौन से देश के राजा हैं श्रीमान? इस भयानक जंगल में आप क्या कर रहे हैं?"

"हे विप्रवर! आपको देखकर मुझे बड़ा संतोष मिला है। मैं अयोध्या का राजा हरिश्चंद्र हूँ। एक शूकर का पीछा करते-करते यहाँ वन में आया हूँ और अब मार्ग भटक गया हूँ। मेरे अंगरक्षक भी पीछे छूट गए हैं।"

"आप चिंता न करें, राजन!" ब्राह्मण ने कहा, "यहाँ से थोड़ी दूर मेरा आश्रम है। आज मेरे पुत्र का विवाह है। आप पास की नदी में स्नान करके थकान मिटा लें और मेरे आश्रम पर चलकर थोड़ा जलपान करके आराम कर लें। फिर मैं आपको वन से बाहर ले चलूँगा।"

राजा हरिश्चंद्र ने नदी में स्नान किया और ब्राह्मण के साथ चल पड़े। वे नहीं जानते थे कि वह नदी मायावी है। उसमें स्नान करते ही वे ब्राह्मण रूपधारी विश्वामित्र के अधीन हो गए।

❑

विश्वमित्र का मायाजाल

ब्राह्मण के वेश में विश्वामित्र राजा हरिश्चंद्र को लेकर आश्रम पर पहुँचे। वास्तव में वहाँ एक विवाह का आयोजन किया जा रहा था। वेदी के पास दूल्हा-दुलहन और आश्रमवासी विवाह संपन्न कराने की तैयारी कर रहे थे।

ब्राह्मण ने राजा से कहा, "राजन! मैंने संसार में आपकी बड़ी कीर्ति सुनी है। आप जैसा दानी कोई दूसरा नहीं है। मैंने यह भी सुना है कि देवसभा में महर्षि वसिष्ठ ने आपकी दानशीलता की प्रशंसा करते हुए कहा था कि ऐसा दानी न पहले कभी हुआ और न होगा, अत: विवाह के अवसर पर आप इस गरीब ब्राह्मण को भी कुछ दान दे दीजिए।"

राजा ने कहा, "भगवन्! आपकी जो इच्छा हो माँग लें। ऐसी कोई वस्तु नहीं है, जिसे में न दे सकूँ।"

राजा हरिश्चंद्र उस समय पूरी तरह ब्राह्मण वेशधारी विश्वामित्र के अधीन हो चुके थे। ब्राह्मण ने कहा, "राजन! मैं क्या माँगू, आप जो कुछ भी देना चाहते हैं, वर-वधु को दे दीजिए।"

पुरोहित के मंगलाचार के बीच राजा हरिश्चंद्र विचार करने लगे कि वे वर-वधु के दानस्वरूप क्या दें!

कुछ पल बाद राजा ने ब्राह्मण की ओर देखा और कहा, "विप्रवर! आपकी जो भी अभिलाषा हो, निस्संकोच मुझसे माँग लें। मैं अपने वचन से पीछे नहीं हटूँगा।"

ब्राह्मण ने गंभीरता से कहा, "राजन! यदि मैं अपने पुत्र के लिए आपसे आपका राज्य माँग लूँ तो क्या आप वह भी मुझे दे देंगे?"

"भगवन! आप माँगकर तो देखिए।" राजा ने मुसकराते हुए कहा।

"फिर ठीक है, आप संपूर्ण संपदा सहित अपना राज्य मेरे पुत्र को दान में दे दीजिए।" ब्राह्मण ने राजा की ओर देखकर कहा।

राजा ने तत्काल कहा, "दिया!"

ब्राह्मण ने भी तत्काल कहा, "लिया!" उन्होंने आगे कहा, "राजन! शास्त्रों में दान की बड़ी महत्ता है। इस दान के साथ मुझे ढाई भार सोना इसकी दक्षिणा के रूप में और दीजिए।"

राजा ने कहा, "वह भी दूँगा।"

तभी राजा के सैनिक उन्हें ढूँढ़ते हुए वहाँ आ पहुँचे।

विश्वामित्र से अनुमति लेकर राजा हरिश्चंद्र सैनिकों के साथ अपनी राजधानी की ओर चल पड़े।

राजा हरिश्चंद्र के चले जाने के बाद ब्राह्मण बने विश्वामित्र अपने असली रूप में आ गए। उनके होंठों पर व्यंग्य भरी मुसकान फैल गई। वह मन-ही-मन सोचने लगे, 'अब देखता हूँ हरिश्चंद्र, तू कितना बड़ा दानी और सत्यवादी है। कोई बात कह देना जितना सहज है, उस पर अमल करना उतना ही कठिन होता है। साधारण पुरुषों और महापुरुषों में यही तो अंतर होता है। साधारण लोग जहाँ कठिनाइयों के सामने आने पर विचलित हो जाते हैं, वहीं महापुरुष यदि स्वप्न में भी कोई बात धर्मानुकूल कह बैठते हैं, तो उससे तनिक भी विचलित नहीं होते। ऐसे लोग धर्म को ही सत्य मानते हैं और सत्याचरण को ही धर्म कहकर पुकारते हैं। अब देखूँगा कि तेरा सत्य-धर्म क्या कहता है?'

राजा हरिश्चंद्र के दुखों और महर्षि वसिष्ठ की पराजय की कल्पना कर विश्वामित्र जोर-जोर से हँसने लगे। उनके इस व्यवहार से उनके शिष्य आश्चर्यचकित हो गए।

उधर हरिश्चंद्र को स्वप्न में भी यह ध्यान नहीं आया कि विश्वामित्र ने उनके साथ छल किया है।

❑

राजा हरिश्चंद्र की चिंता

राजधानी लौटते समय मार्ग में राजा हरिश्चंद्र इस उधेड़-बुन में लगे हुए थे कि अपनी धर्मपत्नी शैव्या को अपने सर्वस्व दान की बात कैसे बताएँगे। उन्हें स्वयं न तो राज्य का लोभ था, न धन का लालच। परंतु शैव्या और पुत्र रोहिताश्व की प्रतिक्रिया के बारे में वे अवश्य चिंतित थे।

शैव्या साधारण स्त्री नहीं थी। वह आदर्श पतिव्रता सती नारी थी। उसने अपने पति को वन से लौटकर आने पर चिंतित देखा तो पूछा, "क्या बात है स्वामी? आप इतने उदास क्यों हैं? क्या आप किसी याचक की इच्छानुसार दान नहीं दे सके? स्वामिन! आप मुझसे कुछ न छुपाएँ। आपकी चिंता देखकर मेरा मन व्याकुल हो रहा है।"

राजा हरिश्चंद्र ने कहा, "प्रिये! मैंने वन में एक तपस्वी के माँगने पर अपना सर्वस्व उसे दान कर दिया है। मेरी उदासी का कारण यही है कि मैं तुम्हें और रोहिताश्व को सेवक के रूप में कैसे रखूँगा?"

शैव्या ने कहा, "नाथ! यह तो प्रसन्नता की बात है। राज्य के प्रपंचों में पड़कर हम भगवान का स्मरण करना ही भूल गए थे। अब हमें पूरा समय मिल जाएगा।"

राजा निश्चिंत हो गए। उन्हें शैव्या से ऐसे उत्तर की ही अपेक्षा थी।

अगले दिन जैसे ही राजा हरिश्चंद्र राज दरबार में अपने सिंहासन पर बैठे, विश्वामित्र ने प्रवेश किया। राजा ने स्वयं महर्षि की अगवानी की। सभासदों ने खड़े होकर उनका स्वागत किया।

विश्वामित्र ने कहा, "राजन! मुझे पहचाना? कल वन में ब्राह्मण वेश में मैं ही तुमसे मिला था और तुमने मेरे पुत्र के विवाह में अपना संपूर्ण राज्य

मुझे दे दिया था। तुम बड़े ही धार्मिक और सत्यवादी राजा हो। अपने वचन का पालन करो। यह राज्य छोड़ दो और दान के साथ दी जाने वाली मेरी ढाई भार सोने की दक्षिणा भी मुझे दे दो।"

हरिश्चंद्र ने हाथ जोड़कर कहा, "भगवन्! राज्य आपका ही है। इसे मैंने आपको दिया। रहा ढाई भार सोना, वह मैं अभी आपको मँगाए देता हूँ।"

"वाह! वह सोना तुम कहाँ से मँगाओगे?" विश्वामित्र ने कहा, "राजकोष तथा इस राज्य की प्रत्येक वस्तु पर तो अब मेरा अधिकार है। ऐसा करके क्या तुम मुझसे कपट नहीं कर रहे?"

विश्वामित्र की बात सुनकर राजा हरिश्चंद्र ने कहा, "भगवन्! मुझसे अपराध हो गया। इस राज्य की प्रत्येक वस्तु पर अब आपका ही अधिकार है। हम अभी ये सभी राजकीय वस्त्र और आभूषण उतार देते हैं और आपको वचन देते हैं कि इस राज्य से बाहर जाकर हम अपने परिश्रम से धन जमा कर आपका ढाई भार सोना यथाशीघ्र चुका देंगे।"

"ठीक है, मैं तुम्हें एक माह का समय और साधारण वस्त्र पहनने की आज्ञा देता हूँ।" विश्वामित्र ने हाथ उठाकर कहा, "यदि एक माह के भीतर तुमने मुझे ढाई भार सोना नहीं दिया तो तुम्हें उसके लिए दंडित होना पड़ेगा।"

"आप क्रोध न करें, भगवन!" राजा ने हाथ जोड़कर निवेदन किया, "मैं अपने वचन का पालन अवश्य करूँगा और यदि ऐसा नहीं कर सका तो आप द्वारा दिया गया प्रत्येक दंड मुझे स्वीकार होगा।"

ऐसा कहकर राजा हरिश्चंद्र अपने निवास की ओर चले गए।

❑

काशी में प्रवेश

अयोध्या का परित्याग करने के बाद राजा हरिश्चंद्र विचार करने लगे कि अब कहाँ जाएँ, सारा राज्य तो दान में दे दिया। तभी उन्हें काशी नगरी का स्मरण हो आया। उन्होंने सोचा कि 'काशी नगरी तो भगवान् शंकर के त्रिशूल पर स्थित है। जन्म-मरण के चक्र से बाहर है। वह भगवान् शंकर की राजधानी है। दयामयी अन्नपूर्णा देवी माँ वहाँ सभी की खोज-खबर रखती हैं। इसलिए वहीं चलना चाहिए।' उन्होंने ऐसा निश्चय कर लिया।

कई दिनों का मार्ग तय करके राजा हरिश्चंद्र रानी शैव्या और पुत्र रोहिताश्व के साथ काशी नगरी में पहुँचे। उनके पैरों में छाले पड़ गए और उनसे खून बहने लगा। कपड़े मैले-कुचैले हो गए थे। भूख और प्यास के कारण उनकी आँखें अंदर धँस गई थीं।

परंतु राजा ने इस कठिन समय में भी अपना धैर्य नहीं छोड़ा। वे जानते थे कि विपत्ति में ही धर्म और धैर्य की परीक्षा होती है।

काशी नगरी में राजा हरिश्चंद्र को कोई पहचानता नहीं था। वे अपनी पत्नी और पुत्र के साथ गंगा के किनारे जा पहुँचे और हाथ-पाँव धोकर, गंगाजल पीकर किनारे पर बैठ गए। पास में ही एक कुत्ता किसी की फेंकी हुई रोटियाँ चबा रहा था।

रोहिताश्व ने उस कुत्ते को रोटी खाते देखा तो अपनी माँ का आँचल पकड़कर कहा, "माँ! मुझे भूख लगी है।"

बच्चे की बात सुनकर शैव्या रोने लगी। उसने अपने लाडले को अपनी छाती से चिपका लिया। यह दृश्य देखकर हरिश्चंद्र का दिल भी भर आया। उन्होंने जोर से पुकारा, "कोई है यहाँ? बच्चे को भूख लगी है, कुछ हो तो दे दो।"

राजा की पीड़ा देखकर शैव्या रोने लगी। बच्चे को चिपकाकर वह बोली, "आप इस तरह अधीर न हों, स्वामी। मैं रोहित को गंगाजल पिलाकर इसकी भूख शांत कर दूँगी।"

"नहीं माँ, मुझे भूख लगी है।" रोहिताश्व फिर बोल पड़ा।

रोहिताश्व की भूख को देखकर राजा हरिश्चंद्र का धैर्य डगमगाने लगा। संतान का दुख असहनीय होता है। उन्होंने गंगा के जल में तैरते हुए हंसों को दिखाकर बालक का मन बहलाना चाहा, परंतु बच्चा भूख-भूख चिल्लाता रहा।

अंत में राजा ने कहा, "शैव्या! चलो अन्नपूर्णा के मंदिर में चलते हैं। वहाँ कुछ प्रसाद अवश्य मिलेगा, जिसे रोहिताश्व को खिला देना।"

उसी समय अन्नपूर्णा माँ (पार्वती देवी) एक वृद्धा स्त्री का वेश बनाकर वहाँ घाट पर आईं। रोहिताश्व को रोते देखकर वृद्धा ने पूछा, "यह बालक रो क्यों रहा है?"

राजा ने कहा, "माँ! हम परेदसी हैं। नगर में किसी को जानते नहीं। बच्चा भूखा है और हमारे पास कुछ है नहीं, जो हम इसे खिला सकें।"

वृद्धा ने कहा, "मेरे पास माँ अन्नपूर्णा का प्रसाद है। प्रसाद पर तो सभी का समान अधिकार होता है। इसलिए इसे ग्रहण करने में आपको कोई आपत्ति नहीं होनी चाहिए।"

राजा ने शैव्या की ओर देखा और उसकी सहमति पाकर अपनी मौन स्वीकृति दे दी।

वृद्धा प्रसाद की पोटली रोहिताश्व को देकर चली गई। उससे रोहिताश्व का पेट भर गया और राजा-रानी को भी थोड़ी तृप्ति हुई।

❑

विश्वामित्र की दक्षिणा

राजा हरिश्चंद्र अपनी पत्नी शैव्या और पुत्र रोहिताश्व के साथ नगर में भटकते रहे, परंतु उन्हें कहीं काम नहीं मिला। हारकर वे बाजार में एक किनारे बैठ गए और अपनी पत्नी से बोले, "शैव्या! आज एक महीना पूरा हो रहा है। अब क्या किया जाए? विश्वामित्र की दक्षिणा आज सूर्यास्त होने तक न दी गई तो मेरे सत्य वचन की रक्षा कैसे होगी?क्या प्राण रहते मेरा वचन असत्य हो जाएगा?"

"आप चिंता न करें, स्वामी!" शैव्या ने कहा, "भगवान् आशुतोष अवश्य आपके सत्य की रक्षा करेंगे। वे अपनी नगरी में आपको सत्य से कभी डिगने नहीं देंगे। अभी संध्या होने में आधा दिन पड़ा है। कोई मार्ग निकल ही आएगा। यह मेरा मन कहता है।"

"तुम ठीक कहती हो प्रिये!" राजा हरिश्चंद्र ने गहरी साँस लेते हुए कहा, "विश्वास और धैर्य बहुत बड़े सत्य हैं। इनका साथ न छोड़ने वाला कदापि लज्जित नहीं हो सकता।"

दोनों एक आदर्श पति-पत्नी की तरह एक-दूसरे को ढाढ़स बँधा रहे थे और रोहिताश्व अपनी माँ की गोद में सिर रखकर बेखबर सो रहा था। थोड़ी दूरी पर खड़े विश्वामित्र उनकी ओर देखकर कुटिलता से मुसकरा उठे। विश्वामित्र से यह सब देखा न गया। वे राजा-रानी के पास पहुँचे और बोले, "अरे! तुम लोग यहाँ बैठे हो और मैं तुम्हें नगर भर में ढूँढ़ता फिर रहा हूँ।"

"प्रणाम मुनिवर!" राजा और रानी ने श्रद्धापूर्वक उनके चरणों का स्पर्श किया।

विश्वामित्र ने आशीर्वाद नहीं दिया, बल्कि कठोर शब्दों में बोले,

"ठीक है, ठीक है। तुम्हें मालूम है न हरिश्चंद्र। आज एक माह पूरा हो रहा है। मुझे आज ही अपनी दक्षिणा चाहिए। अन्यथा···"

हरिश्चंद्र ने विनम्रतापूर्वक विश्वामित्र के आशय को समझते हुए कहा, "भगवन्! सूर्यास्त होने से पूर्व ही मैं आपकी दक्षिणा दे दूँगा।"

"ठीक है, मैं फिर सायं को ही आऊँगा।" यह कहकर विश्वामित्र वहाँ से चले गए।

❑

पत्नी और पुत्र का सौदा

विश्वामित्र के जाने के उपरांत राजा हरिश्चंद्र चिंता में डूब गए कि 'अब मैं क्या करूँ? इस अनजान नगर में कोई मुझे ऋण भी नहीं दे सकता। अब तो एक ही उपाय है कि मैं स्वयं को बेच दूँ।'

अपने स्वामी को चिंतित देख शैव्या ने कहा, "सत्य की बड़ी महिमा है। सत्य के बल पर सूर्य उदित और अस्त होता है। सत्य के बल पर यह धरती टिकी हुई है। सत्य ही धर्म है और सत्य ही स्वर्ग है। हजारों अश्वमेध यज्ञ भी सत्य की बराबरी नहीं कर सकते। आपको अपने धर्म का पालन करना चाहिए।"

राजा ने दुखी होकर कहा, "जानता हूँ प्रिये! पर सत्य धर्म का पालन मैं कैसे करूँ? कुछ समझ में नहीं आ रहा है।"

शैव्या ने कहा, "स्वामी! मैं आपके पुत्र की माँ बन चुकी हूँ। इसलिए मेरा पाणिग्रहण सफल हो चुका है। आप मुझे किसी के हाथ बेच दीजिए। उस मूल्य से आप महर्षि विश्वामित्र की दक्षिणा दे दीजिए।"

"नहीं!" राजा हरिश्चंद्र विचलित होकर रोने लगे, "यह तुमने क्या कह दिया प्रिये! क्या हमारा प्रेम-बंधन समाप्त हो गया है? ऐसा निष्ठुर कार्य मैं कर सकूँगा, यह तुमने कैसे सोच लिया? ऐसा तो सुनना भी मेरे लिए पाप है।"

राजा को उदास और दुखी देख शैव्या ने कहा, "स्वामी! आप अपने को इस प्रकार लांछित न करें। झूठे लोग श्मशान की भाँति वर्जित होते हैं। झूठे मनुष्य के समस्त अग्निहोत्र, अध्ययन, दान और पुरुषार्थ निष्फल हो जाते हैं। पुराणों में राजा कृति की एक कथा आती है। उसने सात अश्वमेध

यज्ञ किए थे, राजसूय यज्ञ किया था, प्रचुर दान भी दिया था, परंतु एक बार झूठ बोलने के कारण वह स्वर्ग से नीचे गिर पड़ा। मैं नहीं चाहती कि आप अपने वचन का पालन न कर पाएँ, अपनी प्रतिज्ञा पूरी कीजिए।"

तभी रोहिताश्व ने अपनी माँ से कहा, "मुझे भूख लगी है माँ, पिताजी रो क्यों रहे हैं? क्या उन्हें भी भूख लगी है?"

उसी समय तड़पकर राजा हरिश्चंद्र ने कहा, "अच्छी बात है। मैं यह क्रूर कर्म भी करूँगा। मैं अपने पुत्र को इस प्रकार भूख से तड़पता नहीं देख सकता। मैं तुम्हें बेचूँगा, रोहित को बेचूँगा और अपने आपको भी, परंतु सत्य से विचलित नहीं होऊँगा। सत्य ही मेरा जीवन है, सत्य ही मेरा प्राण है।"

अत्यधिक विचलित होकर राजा हरिश्चंद्र उठ खड़े हुए और लोगों को पुकार-पुकारकर कहने लगे, "हे नगरवासियो! मेरी बात सुनो, यह मत पूछिएगा कि मैं कौन हूँ। मेरा बस इतना परिचय ही काफी है कि आज मैं विवश होकर अपनी पत्नी को बेचना चाहता हूँ। यदि आप में से किसी सज्जन को दासी की आवश्यकता हो तो वह इसे खरीद सकता है।"

हरिश्चंद्र की अटपटी गुहार सुनकर वहाँ एकत्र हुए लोग हैरानी से उनका मुख देखने लगे। तभी एक वृद्ध ब्राह्मण आगे बढ़कर बोला, "मुझे एक दासी की आवश्यकता है। मेरी पत्नी बीमार रहती है। उससे घर का काम नहीं हो पाता। बोलो, क्या लोगे इसका?" उसने शैव्या की ओर संकेत किया।

हरिश्चंद्र ने कहा, "भगवन्! मैं नहीं जानता कि इस पतिव्रता नारी का क्या मूल्य होना चाहिए। जो मुद्राएँ उचित लगें, वे आप मुझे दे दीजिए।"

ब्राह्मण बने विश्वामित्र ने शैव्या का मूल्य लगाते हुए कहा, "मैं इस दासी के लिए एक भार स्वर्ण मुद्रा दे सकता हूँ। यह लो।" विश्वामित्र ने पोटली आगे कर दी।

राजा ने उसे ग्रहण कर लिया।

ब्राह्मण वेशधारी विश्वामित्र ने शैव्या को अपने साथ चलने को कहा। तभी रोहिताश्व ने अपनी माँ का आँचल पकड़ लिया। यह देखकर विनम्र दिखने वाला ब्राह्मण चिल्लाया, "ऐ लड़के! साड़ी का पल्ला छोड़ दे। मैंने तेरी माँ को खरीदा है, तुझे नहीं।"

शैव्या रोने लगी। उसने अपने बेटे रोहिताश्व से कहा, "हठ मत कर पुत्र। तू अपने पिता के साथ ही रह।"

रोहिताश्व ने आँचल नहीं छोड़ा, तो ब्राह्मण शैव्या को खींचने लगा। इस पर शैव्या ने रोते हुए ब्राह्मण से कहा, "हे ब्राह्मण देवता! आपने मुझे खरीदा है। मैं आपकी दासी हूँ। मैं आपके साथ चलने के लिए तैयार हूँ। लेकिन मैं आपसे प्रार्थना करती हूँ कि आप मेरे इस बच्चे को भी खरीद लीजिए। मैं अपनी पूरी शक्ति से आपकी सेवा करूँगी। अन्यथा मेरा मन इस बालक में ही रमा रहेगा।"

"नहीं, यह नहीं हो सकता।" ब्राह्मण ने जोर से कहा, "यदि मैं इसे खरीदूँगा तो रात-दिन तुम इसी के लाड़-दुलार में लगी रहोगी। घर का काम कौन करेगा?"

"मैं करूँगी, वचन देती हूँ।" शैव्या ने भरोसा दिलाया तो ब्राह्मण ने रोहिताश्व का भी एक भार सोना देकर उसे खरीद लिया।

❑

हरिश्चंद्र बने चांडाल के दास

ब्राह्मण वेशधारी विश्वामित्र एक बूढ़ी औरत के पास उसकी देखभाल करने के लिए शैव्या और रोहिताश्व को छोड़कर वापस विश्वामित्र के रूप में हरिश्चंद्र के पास आए।

"राजन! साँझ होने जा रही है। मेरी दक्षिणा का क्या हुआ?" विश्वामित्र ने पूछा।

हरिश्चंद्र शैव्या और रोहिताश्व की याद में डूबे हुए थे। वे सोच रहे थे कि 'आज उनकी प्रिय पत्नी दूसरे की दासी हो गई। पुत्र, जो कल राजा बनता, वह आज पराश्रित हो गया।'

विश्वामित्र की आवाज सुनकर राजा हरिश्चंद्र चौंक पड़े और स्वर्ण मुद्राओं की थैली को उनकी ओर बढ़ाते हुए बोले, "ऋषिवर! यह लीजिए अपनी दक्षिणा।"

"अरे! यह धन तुझे कहाँ से मिला?" विश्वामित्र ने चौंकते हुए पूछा, "क्षत्रिय होकर तुमने यह धन किसी से माँगा तो नहीं होगा? देखो, न्याय द्वारा उपार्जित धन ही दक्षिणा के योग्य होता है। अन्याय से कमाया हुआ धन मैं नहीं लूँगा।"

जब राजा ने सारी बात विश्वामित्र को बताई तो बोले, "लेकिन यह धन तो बहुत कम है। इससे मेरी दक्षिणा पूरी नहीं होती। शीघ्र ही मुझे और धन दो। नहीं तो...।" वे राजा को धमकाकर वहाँ से चले गए।

सूर्यास्त होने में अभी थोड़ा समय बाकी था। राजा हरिश्चंद्र अपने आपको बेचने के लिए नगर में निकल पड़े। परंतु उन्हें किसी ने नहीं खरीदा। तब वे श्मशान घाट पर जा पहुँचे। वहाँ धर्म ने चांडाल का रूप बनाया और

राजा के सामने आकर बोला, "अरे! तुम कौन हो और यहाँ क्यों आए हो?"

राजा ने कहा, "भाई! जब तक सूर्य अस्त नहीं होता, तुम मुझे खरीद लो। मैं सब प्रकार से तुम्हारी सेवा करूँगा।"

चांडाल रूपी धर्म ने कहा, "मुझे दास की आवश्यकता तो है। बोलो, अपना कितना दाम लोगे?"

राजा ने चांडाल की भीषण आकृति को देखा और कहा, "मुझे इतना धन दे दो कि मैं ब्राह्मण की दक्षिणा पूरी कर सकूँ।"

चांडाल बोला, "देखो भाई! मैं प्रवीर नामक चांडाल हूँ। मेरा काम मुर्दों का कफन लेना और उन्हें जलाना है। मैं तुम्हें अधिक-से-अधिक एक भार सोना ही दे सकता हूँ।"

"मैं तैयार हूँ।" राजा हरिश्चंद्र ने हामी भरी तो चांडाल ने राजा को अपने साथ ले जाकर एक भार सोना दे दिया।

उसी समय क्रोध में भरे हुए विश्वामित्र वहाँ आ पहुँचे और बोले, "क्या बात है हरिश्चंद्र। क्या तुम मेरी दक्षिणा देना नहीं चाहते?"

हरिश्चंद्र ने हाथ जोड़कर कहा, "भगवन्! मैंने आपकी दक्षिणा के लिए ही अपने आपको चांडाल के हाथों बेच दिया। यह लीजिए एक भार सोना। मैं सूर्यवंशी हूँ। मैं अपने प्राण दे सकता हूँ, पर अपना वचन नहीं छोड़ सकता।"

विश्वामित्र ने एक भार सोने की पोटली उठा ली और घूमकर वापस चल पड़े। चांडाल राजा को अपने साथ लेकर वहाँ आ गया, जहाँ चिताएँ जल रही थीं। उसने कहा, "बिना कफन लिये किसी भी मुरदे को स्वीकार नहीं करना। चाहे तुम्हारे पुत्र का ही शव क्यों न आ जाए।"

"ऐसा ही होगा स्वामी!" राजा ने चांडाल को आश्वस्त किया।

कहते हैं कि 'विपत्ति ही संपत्ति की जननी है। परीक्षा के पलों में ही मनुष्य के महत्त्व का पता चलता है। जिसके जीवन में कठिनाइयाँ नहीं

आतीं, उसकी आत्मशक्ति और धैर्य की परीक्षा नहीं हो सकती।'

श्मशान घाट पर हरिश्चंद्र बड़ी सावधानी से रात-दिन काम करने लगे। वहाँ सभी प्रकार के लोग अपने परिजनों को जलाने आते। हरिश्चंद्र सभी से 'श्मशान-कर' लेते। वे लोगों को रोज ही रोते-पीटते, मरते-जलते देखते। यह सब देखकर उन्हें संसार से वैराग्य हो गया।

श्मशान पर रहकर वे जीवन का अंत देखते और सोचते कि सभी को एक दिन यहाँ आना पड़ेगा। यह सब देख-देखकर हरिश्चंद्र के मन में शांति का संचार होने लगा। वे भगवान का स्मरण करते हुए दृढ़ता से अपने कर्तव्य का पालन करने लगे।

❑

रोहिताश्व की मृत्यु

रानी शैव्या दिन-रात ब्राह्मण के घर में काम में जुटी रहती थी। ब्राह्मण उसके बेटे रोहिताश्व को भी काम बताता रहता था। एक दिन उसने रोहिताश्व को बगीचे में पूजा के लिए फूल ले आने को भेजा, जहाँ एक विषैले सर्प ने उसे डस लिया। विष के तीव्र प्रभाव से बालक का प्राणांत (मृत्यु) हो गया।

जब रोहिताश्व बहुत देर तक वापस नहीं लौटा तो रानी उसे खोजते हुए बगीचे में पहुँची। वहाँ मृत पुत्र को देखकर वह विलाप करने लगी। लेकिन कौन था वहाँ उसे सांत्वना देने वाला? उसने ब्राह्मण से कुछ पैसे देने की प्रार्थना की, ताकि वह कफन खरीदकर अपने पुत्र का शवदाह कर सके। लेकिन ब्राह्मण ने उसे पैसे देने से साफ इनकार कर दिया।

रानी अपने पुत्र को बाँहों में उठाकर श्मशान पहुँची। वहाँ उसके सामने यह समस्या उत्पन्न हो गई कि बिना कर दिए अपने पुत्र का शवदाह कैसे करे।

विवश होकर उसने अपनी आधी साड़ी फाड़ी और उसी में अपने पुत्र का शव लपेटकर चिता की ओर बढ़ी। लेकिन तभी चांडाल के सेवक बने हरिश्चंद्र ने उसे रोका और कहा, "देवी, बिना श्मशान का कर चुकाए तुम इस मुरदे को यहाँ नहीं जला सकतीं।"

अपने पति का स्वर पहचानकर रानी ने सिर उठाया। हरिश्चंद्र ने भी उसे तत्काल पहचान लिया। पुत्र के शव पर निगाह डालते ही दुख से उनका हृदय फट पड़ा।

"देखते क्या हो स्वामी, यह आप का ही पुत्र है।" रानी ने रोते हुए सारी घटना सुना दी।

"हाँ देवी।" हरिश्चंद्र ने जैसे छाती पर पत्थर रखकर कहा, "लेकिन मैं कर्तव्य से विवश हूँ। श्मशान का कर तो तुम्हें चुकाना ही होगा।"

"पर मैं कर कहाँ से दूँ, स्वामी? आप देख ही रहे हैं कि मैंने पहले ही अपनी आधी साड़ी फाड़कर अपने पुत्र के मृत शरीर को ढका हुआ है।" रानी ने रुँधे गले से कहा।

"तुम चाहो तो अपनी आधी साड़ी का आधा भाग 'कर' के रूप में चुकाकर अपने पुत्र का दाह कर सकती हो।" हरिश्चंद्र बोले, "किंतु बिना कर चुकाए मैं तुम्हें इसको जलाने नहीं दूँगा। मेरे स्वामी का ऐसा ही आदेश है।"

रानी का हाथ अपनी साड़ी की ओर बढ़ा, तभी पीछे से एक हाथ ने शैव्या का हाथ पकड़ लिया।

हरिश्चंद्र ने पीछे मुड़कर देखा तो वहाँ अपने स्वामी चांडाल को खड़ा पाया, जो मुसकराते हुए कह रहा था, "हरिश्चंद्र! तुम अपनी परीक्षा में सफल रहे।"

"कैसी परीक्षा?" हरिश्चंद्र ने चकित स्वर में पूछा।

चांडाल कोई उत्तर देता, इससे पहले ही वहाँ एक विस्मयकारी घटना घटी। अचानक सारा श्मशान-क्षेत्र दिव्य ज्योति से आलोकित हो उठा। देवता स्वर्ग से उतर आए। विश्वामित्र भी प्रकट हो गए और कहा, "महाराज हरिश्चंद्र! देवगण तुम्हारी सत्यनिष्ठा की परीक्षा ले रहे थे, जिसमें तुम सफल रहे। अब तनिक अपने पुत्र और महारानी शैव्या की ओर तो देखिए।"

हरिश्चंद्र ने चकित भाव से अपने पुत्र और पत्नी पर निगाह डाली, उनका पुत्र और पत्नी राजसी वेशभूषा में मुसकराते हुए सामने खड़े थे। चांडाल के स्थान पर धर्मराज मुसकराते हुए खड़े थे। विश्वामित्र ने हरिश्चंद्र को न सिर्फ अपनी दासता से मुक्त कर दिया, अपितु उनका खोया हुआ राज्य-वैभव भी उन्हें लौटा दिया। तदुपरांत हरिश्चंद्र अपनी पत्नी और पुत्र सहित अयोध्या लौट आए और वर्षों तक सत्यनिष्ठ होकर प्रजापालन करते रहे।